KB212835

용혜원 99 시선집

내 인생 최고의 날

용혜원 99 시선집 **내 인생 최고의 날**

초판 1쇄 인쇄 2024년 10월 18일
초판 1쇄 발행 2024년 10월 29일

지은이   용혜원
펴낸이   이춘원
펴낸곳   책이있는마을
기 획   강영길
편 집   이서정
디자인   Do'soo
마케팅   강영길

주 소   경기도 고양시 일산동구 무궁화로120번길 40-14 (정발산동)
전 화   (031) 911-8017
팩 스   (031) 911-8018
이메일   bookvillagekr@hanmail.net
등록일   1997년 12월 26일
등록번호   제10-1532호

ISBN   978-89-5639-356-8 (03810)

용혜원 99 시선집

내 인생 최고의 날

용혜원 지음

시인의 말

인생은 단 한 번 왔다 가는 길이다. 그 길을 가는 세월이
빨리 지나가는 것을 알수록 삶의 시간이 매우 소중하다.
이 소중한 시간에 꿈과 희망을 품고 일을 하며 살아야 하고
꿈과 희망을 이루어 가며 큰 보람과 기쁨으로 살아야 한다.
일하지 않고 무기력하게 허송세월로 흘려보내며
내일을 향하여 아무런 가치가 없는 인생을 살아가면
결국 후회만 남는다.
하루하루를 덧없이 무의미하게 살아서는 안 되고 일하지 않고
무능력한 폐인으로 허송세월을 보내서는 안 된다.

헛되고 어리석은 일에 삶을 무작정 허무하게 소비하지 말고
세상에서 꼭 필요한 사람으로 살아야 한다.
누구나 함께 같이하기를 원하는 사람이 되어야 한다.
삶의 소중한 시간을 삶답게 사는 일에 집중해야 한다.
세상이 나를 원해야 한다. 사람들이 나를 원해야 한다.
나를 원해야 열심히 일하며 제대로 된 삶을 살 맛나게
살 수 있다.

우리는 세상을 향하여 큰 소리로 세상이 다 듣도록 외쳐야 한다.

"나는 내 인생 최고의 날을 만들고 싶다!"

오늘부터 바로 지금부터 세상과 다른 사람이 나를 원하는
사람이 되자.
이 땅의 모든 사람이여! 젊은이들이여!
세상에 꼭 필요한 사람으로, 세상에 쓸모 있는 삶을 살아가자.
"나는 내 인생 최고의 날을 만들고 싶다!"
이렇게 크게 외쳐라.

용혜원 시인

차 례

시인의 말

우리는 세상을 향하여 큰 소리로
세상이 다 듣도록 외쳐야 한다

"나는 내 인생 최고의 날을 만들고 싶다!"

초심

처음 시작할 때가 가장 순수하고
아무런 거짓과 가식이 하나도 없다

풋풋하고 아무 때 묻지 않은 마음
깨끗한 초심이 가장 중요하다

초심이 줏대 없이 마구 흔들리고
찾아오는 욕심과 욕망에
함부로 사로잡히지 말아야 한다

사람의 마음이 거만하고 교만하면
깨끗하고 순수했던 마음도
한순간에 사라지고 교활해지고
더럽혀지고 추해지고 악해진다

초심은 깨끗하고 아름답고 순수하고
순결하고 고귀하고 고운 마음이기에
초심이 아주 중요하다

거칠고 험하고 악한 세상일지라도
초심을 잃고 비굴해지거나 초라해지지 말자

항상 변하지 않는 깨끗한 초심을 품고
건강한 마음으로 강하고 담대하고 씩씩하게
내일을 멋진 인생으로 만들어 가자

세상아, 내가 여기 있다 나를 써라!

실망과 좌절과 포기를 뚫고 힘차게 일어나
꿈과 희망을 이루며 내일을 힘차게 살고 싶다면
어깨를 펴고 가슴을 활짝 열고
세상을 향하여 용감하고 담대하게 가장 큰 소리로 외쳐라
"세상아, 내가 여기 있다 나를 써라!"

이 넓은 세상에 내가 해야 할 일이 있고
내가 꼭 필요하고 원하는 곳이 있고
쓰임 받을 곳이 있다면 기분이 좋고
가슴이 벅차오르도록 신나는 일이다

살다 보면 수많은 시련과 역경의 순간을 만나지만
어느 때나 좌절하고 낙심하고 포기하지 말고
항상 자신에 대하여 강한 마음을 갖고 도전해야 한다

행동하며 움직이지 않고 그대로 멈춰 있으면
절대로 아무것도 변하지 않고 이루어지지 않는다

삶이 고단하고 힘들고 나약하고 지쳐 있다면
세상을 향하여 큰 소리로 외쳐라
강하고 담대하게 외치며 내일을 향하여 도전하라

"세상아, 내가 여기 있다 나를 써라!"
이 말을 크게 외칠 때마다 약한 마음이 강하고
담대해지고 힘찬 용기가 생길 것이다
그 강한 마음으로 꿈과 희망을 이루어 가라

고통 속에서

고통 속에서 삶의 깊이 깨닫고 이겨내며
가까스로 나를 찾았다

절망 속에 아픔이 깊어져 갈 때마다
무엇이 가장 소중한지 배우고
가슴으로 깨닫고 알게 되었다

시련이 갑자기 들이닥쳐 찾아왔을 때
뼈아픈 슬픔을 뼛골 깊이 느끼며
연약하고 가냘픈 나를 읽을 수 있었다

나는 누구이며 어떤 존재이고
무엇에 약하고 무엇에 강한지 알게 되었다

고통이 가차 없이 가져다주는
엄청난 시련의 막중한 무게에 눌려
후벼 파고드는 아픔을 깊이 느꼈다

내가 어떻게 대처해야 하고
내가 어떻게 힘을 내어 이겨 내고
내가 어떻게 버티고 견디며
살아가야 하는지 터득하고 깨달았다

고통은 언제나 철저한 나의 스승이었다

내 인생 최고의 날

내 인생 최고의 날을 맞이하기를 원한다면
꿈과 희망을 가슴에 품고
목표를 향하여 끊임없이 도전하고 전진하라

바로 눈앞에 그토록 원하고 바라던
내 인생 최고의 날이 찾아올 것이다

지금은 초라하지만 오늘은 나약하지만
이 순간은 부족하지만 불신을 가차 없이 버리고
하나씩 하나둘씩 이루어 가기 위하여
계속해서 노력에 노력을 계속한다면
자신도 모르는 사이에 엄청나게 발전하고 성장한다

세상은 몹시 거칠고 모질고 완악하고 험난하여
순간순간마다 쓰러지고 넘어지고 좌절할 때마다
중간에 포기하고 싶은 마음이 머리에 굴뚝같아도
지나간 날이 만든 어리석은 생각과 비겁한 마음이다

내 인생 최고의 날을 원한다면
과거를 던져버리고 미래를 만들어 가야 한다

"나는 할 수 있다! 나는 할 수 있다!"
수없이 외치며 앞으로 나가며
내 인생 최고의 날을 생각하고 행동하라

꿈만 같은 원하던 날이
바로 내 눈앞에 신나게 펼쳐지는 놀라운 기쁨의
내 인생 최고의 날이 올 것이다

열정

거침없이 아무런 두려움 없이
폭죽 터지듯이 피어나는 봄꽃들처럼
살아 있는 심장에서 뜨겁게
터져 나오는 불꽃이다

마음의 중심에서 타올라 뜨겁게 내뿜는
강렬한 열기를 아무도 막을 수 없다
자신 속에 감춰져 있고 숨어 있던
무한한 잠재력을 끌어올리는 힘이다

열정은 모든 역경을 이겨 내고
모든 난관을 헤쳐 나가며 모든 가능성을 찾아내
자신을 변화시키고 세상을 변화시킨다

실패를 조금도 두려워하지 않고
꿈과 비전을 향해 마음껏 솟구치며
삶을 활짝 꽃피우고 풍성한 열매를 맺게 한다

가슴이 식을 줄 모르고 뜨거운 사람들이
시대를 앞서 나가며 이끌어 간다
뜨거운 열정 앞에 모든 악조건은 고개를 숙이고
열정은 고난 속에서 더 강렬해진다

열정이 있는 사람들의 눈빛 속에서
성공을 읽어 낼 수 있다.
열정이 있는 사람들의 순수한 열망이
성공을 만든다

기회

나의 기회는 내가 만들고
나 자신 스스로가 만들어 내는 것이다

기회는 멈추지 않고
나에게 찾아왔을 때
한순간에 붙잡지 않으면
눈 깜짝할 사이에 없던 것처럼 사라지고 만다

기회는 원하는 사람들
기회는 바라는 사람들
기회는 찾는 사람들
기회는 기다리는 사람들에게 찾아온다

기회를 확실하게 붙잡으면
열정이 생기고 용기가 생기고
자신감이 생기고 도전 정신이 각축을 벌인다

기회가 찾아왔을 때 놓치지 말고
누구나 붙잡고 사용할 수 있어야 하고
기회가 없다면 스스로 만들어 내야 한다

기회가 찾아오지 않는다고
원망하고 불평하며 투덜대면
참으로 어리석은 사람이다

살아 있는 동안에 끊임없이 찾아오는
기회를 분명하게 확실하게 붙잡고
꿈과 희망을 아주 멋지게 이루어 가며
감동적인 성공하는 삶을 살아가야 한다

시작

시작은
원하는 일을 향하여 나가도록
내일의 문을 활짝 여는 것이다

시작은 참 행복하고
시작은 내일의 분명하고
확실한 목표를 향하여
새로운 출발을 알리는 것이다

시작한다는 것은
희망이 시작되는 시간이며
꿈이 실현되어 나가는 시간이다

시작은 설렘이고
시작은 감동이며
기대가 이루어져 가는 시간이다

시작은 참 좋은 시간이다
자기가 원하는 일을 하기 위해 출발하고
자기 원하는 삶을 만들어 가는 시간이다

인생은

아름다운 인생은 수많은 만남과 이별의
시간이 만들어 놓은 것이다

멋진 인생은
수많은 실패와 고난과
역경이 꽃피워 놓은 것이다

고귀한 인생은
수많은 고통과 아픔과
시련이 만들어 놓은 것이다

가치 있는 인생은
수많은 꿈과 희망을 이루면서
알차게 열매를 맺어 놓은 것이다

보람된 인생은
수많은 사랑과 행복과
나눔과 베풂이 만들어 놓은 것이다

꿈을 이루어 갈 때

몰인정하고 차가운 세상을 디디고 서서
열심히 하여 살아가는 힘겨운 인생살이다

세상 거친 바람 속에서 쪽도 못 쓰면서도
고개를 들고 당당하게 살아가려고
몸부림치며 버티고 견디며 발버둥쳤다

힘들어 바싹 말라버린 입술과 몸과 마음이
질곡의 난폭한 역경과 시련을 겪을 때도
꿈과 희망의 가지 하나 꺾이지 않으려고
개털 같은 삶 속에서도 모질게 다짐했다

독한 아픔과 질풍 같은 고통이 휘몰아쳐
진이 빠지도록 포기와 중단을 권할 때마다
꿈을 결단코 잊어버리지 않으려고
정신을 바짝 차리고 강하고 단단하게 다졌다

쓰러지고 넘어져도 재빨리 일어나고
얼굴과 온몸이 땀과 눈물로 범벅이 되어
보일락 말락 하던 꿈을 눈앞에 이루어 갈 때
입가에 보람의 기쁜 웃음을 지으며
인생의 산뜻한 즐거움을 맛볼 수 있다

절망

절망의 화살이 심장의 중심에 박혀
가슴 터지게 고통스러워 울부짖고 싶어도
절대로 좌절하거나 포기하지 말라

마음을 잘 다스리고 가다듬어
양손으로 힘껏 화살을 뽑아내자
고통과 아픔을 잊어버린 듯
앞으로 나가는 힘찬 도전을 해라

딴전 보고 딴죽 걸며 허송세월로 다 보내고
절망이 지나가기만을 기다리지 말고
절망을 이겨 내고 한 껍질 벗겨 내자
제자리 다시 찾고 제 모습을 찾아
내일을 향하여 당당하게 매몰차게 걸어가라

그렇게 고통스럽고 힘들었던 일들도
이겨 내며 견디며 지나고 보면
그리 대단한 것도 아니고
세월 흐르고 나면 별것도 아니다

실패와 절망으로 탈골되어 망할 것 같고
곧 죽을 것 같이 힘들고 견딜 수 없다
지금 당장이라도 무너뜨리고 넘어지게 만들려고
온갖 수단 방법을 다 동원하지만
슬기롭게 지혜롭게 모든 걸 이겨 내고 벗어나자

우리가 최선을 다하면
우리가 열심히 하면
절망도 들어와 앉을 자리가 전혀 없다

인생이란 어두운 절망 속에서도
밝은 희망과 꿈이 엮어 놓은
행복한 이야기들의 연속이라 멋진 삶이다

두려움

몸과 마음을 꽁꽁 묶어 놓은
어둠이 가득한 두려움에서 벗어나고
두려움에서 감쪽같이 하루속히 떠나라

두려움이 마음속에 턱 하니 자리 잡으면
초라하고 비굴하게 나약해지고
힘도 없이 만들어 놓아 열통이 터지고
머뭇거리고 기웃거리고 서성거리게 만든다

어떤 경우에도 두려움 속에 갇혀
겁먹고 무기력하게 안절부절못하며
불안 속에서 초조해지지 마라

어찌할 바 모르던 두려움도 마침표를 찍으면
훨씬 더 가벼운 마음으로 강한 힘을 갖고
역동적으로 움직이며 당당하게 나갈 수 있다

강하고 담대한 마음으로 힘차게 나가면
꿈과 희망을 만들어 갈 수 있고
거침없이 끊임없이 도전할 수 있다

희망이 만들어 내는 내일은 무척 밝고
꿈이 무르익은 희망 속에 행복이
풍성한 열매로 가득하고 알차게 열린다

새들은

새들은 하늘을 자유롭게 날아다니며
아름다운 풍경을 마음껏 바라보고 감상하며
바람을 타고 멋진 비행을 한다

새들은 얼마나 좋을까
새들은 얼마나 신날까
새들은 얼마나 행복할까
새들은 얼마나 재미있을까

새들은 아무런 준비 없이 혼자서도
하늘을 날아가며
원하는 곳으로 언제든지 날아갈 수 있다

새들이 푸른 하늘에서
세상을 풍경 내려다 보며
여행의 자유로움을 마음껏 즐기며 산다

새들은 하늘 높이 날아가면 갈수록
더 넓은 세상 풍경을 바라볼 수 있어서
참 행복하고 신나고 좋겠다

혼자 남았다

혼자 남았다
아무도 찾지 않았다

세상의 모든 소식이
뚝 하고 무음으로 끊겨 버렸다

나를 오라는 곳도
나를 부르는 곳도
나를 찾는 곳도 없다

이 넓은 세상에서
홀로 버려진 듯 비참하고
홀로 외면당한 듯 처절하고
쓸쓸함과 외로움만 쌓였다

어둠 속에서 희망으로
찾아오는 한 줄기 빛처럼
누군가가 나를 찾고 누군가가 나를 부르고
누군가가 나를 오라고 부르면
신나고 살맛이 많이 나겠다

살기 힘든 세상

살기 힘든 세상 살아 내기 위하여
차가운 세상 바람을 이겨 내며
이마에 땀이 젖도록 뛰어다니며 살았다

어쨌든 살아보려고 어쨌든지 살아남으려고
가난과 차가운 시선을 이겨 내려고
두 주먹을 불끈 쥐고 이를 악물었다

세상을 알지 못하고 멍청해
정신을 차리려고 얼음냉수를 마시고
살려고 삼시세끼를 찾아 꼭꼭 먹었다

현실 앞에 절실하게 쪼들린 몸과 마음을
홀로 숨죽이며 버티고 살아가며
사람들이 비난해도 귀를 모아 듣지 않았다

힘겨울 때는 울지를 않으려고
억지로라도 미소를 지으며
밝게 웃으려고 노력했다

지치고 고되고 힘든 나날 속에서도
내일은 빈 가지에 열매를 가득하게 열리는
희망의 날이 될 것이라는 생각에
눈 딱 감고 한마음으로 가슴이 뛰게 살았다

거칠고 모진 세상도 견디고 살다 보니
나를 괴롭히고 힘들게 하던 일들도
잦아든 파도처럼 몽땅 다 사라지고
내 눈앞에 보이는 환한 주마등처럼
나의 희망이 온 세상에 깔리기 시작했다

후회 1

간이 부어 되바라지다 된서리 맞고
후회의 문이 열려 후회가 시작되더라도
후회가 몽땅 다 떠나가기까지 문을 열어 두라

후회가 찾아오면 시침 딱 떼고 모른 척하라
깜짝 놀라 줄행랑을 치도록 무관심해져라
후회는 반가운 손님이 아니다

후회가 해놓는 것은 아무것도 없고
뒤웅스럽고 비참하고 초라하게 만들고
처참하고 비굴하게 만든다

마음을 병들게 하고 의욕을 떨어뜨리고
사기를 저하하고 정신도 비굴하게 만들어 놓는다

한 짓이 몽땅 들통이 나서
후회가 찾아오더라도 체념하지 말고
오던 길로 일찍 서둘러서 돌려보내라

등골이 빠지도록 후회를 끌어안고
걱정 근심을 쌓아 놓고 고민하는 것처럼
어리석은 일이 없으니 깨끗하게 지워 버리고
훌훌 몽땅 다 털어 버리고 새로운 출발해라

내일의 삶은 후회가 아닌
꿈과 희망을 이루어 가는 날들로 만들어라

날마다 꿈과 희망이 가득하여
얼굴에는 행복의 꽃이 피고
가슴에는 사랑의 꽃이 피고
삶에는 기쁨의 꽃이 활짝 피게 하라

삶에 모든 꽃이 열매가 주렁주렁 맺도록
희망찬 내일을 만들어 가라

후회 2

곡절 많은 한 세상 살면서
어떤 날은 아무 잘못도 없이
눈시울 붉히며 불안에 떨었다

내가 살아온 삶을 바라보며
내가 못난 것 같아서
내가 잘못 살아온 것 같아서
자꾸만 울고만 싶었다

가까스로 힘들게 살아온 지난날
기초가 약하여 쓰러지고 넘어지고
돌아보면 후회뿐인데
여기까지 와서 지금에서야
그때 잘할 걸 후회가 막심하다

지금 이만큼 사는 것도
나름대로 기특하고 행복하고
지금 이토록 사는 것도
복이라서 천만다행이라 생각한다

내 설움에 복받쳐서 울며불며 살던
지난날을 가까스로 견딘 것 같아
좀 더 열심히 살 걸
좀 더 부지런히 살 걸
지난 일이 자꾸만 후회된다

그런 게 다 사람 사는 일

사람 사는 일이란
그렇고 그렇다 말하지만
멈추지 않고 흘러가는 시간 속에서도

이제나저제나
좋은 일이 있기를 간절하게 바라는
마음은 누구나 똑같다

살다 보면 마음에 쏙 들게
아주 기분 좋은 일도 있고
가슴이 찢어지게 기분 나쁜 일도 있지만
이것도 또한 지나가고 나면
그런 게 다 사람 사는 일이다

사람 사는 일 속에
눈에 잘 띄지 않지만 엄청나게 괴롭고
슬픈 일이 많고 많더라도
못 본 척 무심한 척 모른 척 살아가는
잊고 살아가는 사람들도 많고 많다

어렵고 힘든 일들 속에서
단호한 체험을 하며 인생 뚜렷이 성숙했다
그래서 사람 살아가는 것을
힘들고 힘든 고행이라고 말한다

어디일까

나의 희망과 꿈과 사랑을
이루어 갈 수 있는 곳은 어디일까

그곳을 어서 빨리 찾고 싶고
서둘러서 만나고 싶고
내 눈으로 보고 싶다

나에게 가슴 벅차도록
힘을 주고 용기를 주고
자신감과 열정을 쏟아부어 주는 곳은
어디일까 어디에 있을까

그곳은 바로
내가 지금 살아가는
바로 여기 이곳이다

이곳에서 나의 꿈과 희망과 사랑이
눈앞에 현실이 되어
초록 들판처럼 펼쳐져 나간다

희망을 갖고 살자

인생이란 동안
내일을 밝혀 줄 희망을 품고 살자

아무리 힘든 고난도
아무리 힘든 역경도
아무리 힘든 시련도
희망의 꽃을 함부로 꺾지 못한다

새로운 힘이 샘솟게 하자
어떤 순간에도 쾌활함을 잃지 말고
아주 근사한 기쁨과 즐거움 속에서 살자

실패에 대하여 침착하고 냉정하고
희망에 대하여 여유 있는 마음으로
당당하게 힘차게 희망의 길을 걸어가자

꿈과 희망을 당당하게 이루어 가면
고통도 아픔도 시련도 역경도
더 이상 쉽게 찾아와 말을 걸지 않는다

행복을 부르는 주문

힘들고 지칠 때도
"행복아, 어서 찾아오라!"라고
주문처럼 중얼거리고 외치자

자기가 한 말은 그대로 되돌아오고
말이 내일을 만들고
말은 말 그대로 이루어진다

기다려 달라던 시간도 막상 찾아오면
머물지 못하고 떠난다.

고달프고 괴로울 때도
"행복아, 빨리 찾아오라"고
주문처럼 중얼거리고 외치자

행복한 삶을 위하여
한껏 힘을 내야 하고
우직하게 버텨 나가야 한다

사람은 말한 대로 살고
사람이 한 말은
눈앞에 현실이 되어 찾아온다

용기를 내자

힘들어도 절망의 공포가 거세게 몰아쳐도
한순간 지쳐서 쓰러지지 말고 일어서라

터무니없는 근심 속에 고통스러워 좌절하여
힘없이 주저앉고 무너져 내리지 말자
삶의 무게가 견디기 힘들다고
절대 할 수 없다고 포기하지 말고 용기를 내자

어떤 경우에도 어떤 순간에도 트집 잡지 말고
할 수 있다 가능하다는 마음을 갖고
앞으로 도전하여 나가며 꿈과 희망을 이루어 놓자

이 세상 모든 일은 중간에 포기하지 않고
도전하는 사람과 항상 성실하고
끝까지 인내하는 사람이 이루어 놓은 것이다

내일 향하여 달려 나갈 힘찬 용기가 없고
중간에 그만두거나 포기한 사람은
아무도 기억해 주지 않는다

최후의 정점을 찍으며 파죽지세로
경쟁에서 이겨 내는 사람이 성공하는 사람이다

꿈을 이루고 성공하는 사람이
힘찬 박수를 받고 마음에 남고
늘 기억하는 사람이 된다

포기하지 않고 도전하며 용기를 내어
잊혀진 사람 지워진 사람이 되지 말고
피로를 해소하고 끝까지 용기를 내어 도전하여
성공하는 사람으로 기록이 되고 기억이 되자

나에게 주어진 세월

나에게 주어진 세월
얼마나 소중한 시간인가
넋 줄 멍하게 놓고 곤죽 되지 말자

허망하게 세월을 보내지 말고
한눈팔다 머릿속에서 잘려 나간 생각에
엉뚱한 짓 하다 무참하게 망가지지 마라

누구에게나 찾아오는 세월은
찾아왔다 훌쩍 떠나버리는 단 한 번뿐이다

한동안도 머물지 못하고 떠나는
세월을 가치 있게 보람 있게
잘 사용하고 보내야 한다

흘러간 세월은 결과를 만들고
흘러간 세월은 열매를 만든다

세월마다 힘들고 어려운 순간들이지만
땀 흘린 모든 순간이 균열하지 않고
열매와 보람과 긍지와 행복과
벅차고 기쁜 감동으로 찾아온다

나에게 주어진 세월은
단 한 번 왔다 가는
내 인생에 가장 소중한 시간이다

버려야 할 것들

이 세상을 살아가면서
가져야 할 것들과
버려야 할 것들이 있다

마음을 병들게 하고 시들게 만드는
실망 낙심 절망 후회 근심 걱정을 버리고
아침에 동쪽 하늘에 찬란하게 떠오르는 태양처럼
힘찬 희망을 품고 초연하게 살아가자

내 마음을 구기고 찢고 엉키고 망가뜨리고
내 정신을 빼앗아 가는 것들에게 굴복하지 말고
고통은 뒷맛이 남아 있어도 잊어버리고
즐거운 속에 살아가는 기쁨을 터득하며 살자

내일을 살아가기 위하여
위선과 허풍과 거만과 자만과
오만과 거짓과 허세와 교만을 버리고
비가 온 후에 아름답게 뜨는 무지개처럼
희망을 품고 행복하게 살아가자

내 마음을 새롭게 소생시키고 변화시키는
세상에서 가장 소중한 것들을 가슴에 안고
같이하고 좋아하고 사랑하며 살아가자

버릴 것은 아낌없이 모두 다 버리고
절망에서 벗어나 두려움을 이기고
고통을 다스리고 번민에서 벗어나
세상에서 가장 행복하게
세상에서 가장 아름답게 살아가자

나를 나답게 멋지게 살자

누구나 걸어가야 하는 인생길에서
아무 보람 없이 허송세월 보내지 말고
아무 쓸모없이 무의미하게 허비하며
초라하게 무가치하게 살지 말고
나를 나답게 당당하게 살자

나에게 주어진 인생살이
내가 원하고 바라는 꿈과 희망을 이루어 가는
기쁨에 감동하여 환호하고 싶을 정도로
내가 보아도 누가 보아도 아름다운 인생을
나를 나답게 힘차게 살자

살아온 인생이 기쁘고 보람되고
살아갈 인생이 의미가 있다면
얼마나 좋고 얼마나 멋진 인생인가

누가 물어도
누가 말해도
아무런 부끄럼이 없는 가치 있는 인생이
내 인생이 되도록 언제나 어느 때나
나를 나답게 멋지게 살자

불행

나만 이 거칠고 힘든 세상에서
가장 불행하다는 생각으로
스스로 갇혀 스스로 울타리를 치고
녹초가 되어 처절하고 비참하게 살지 말라

세상이 자기를 불행하게 만들었다고
쓸데없는 궤변을 입 안에서 오래 씹지 마라
불행은 자기 스스로 낭패를 만드는 것이다

누구나 이 세상에 태어날 때
빈털터리 맨몸으로 태어났다

불행하다는 생각 속에 용기를 잃고
목구멍 깊이 비참을 뇌까리면
찾아오는 것은 어둠 속에
수많은 불행한 일들밖에 없다

사소한 것에서부터 불행부터 찾지 말고
사소한 것에서부터 희망을 찾아라

자기 삶의 목표와 목적이 분명하면
활기 넘치고 의지가 강하고
빛으로 가득한 희망이 불행을 쫓아낼 것이다

실패했을 때

하늘이 무너진 듯 땅이 꺼진 듯이
비참하고 처참하게 실패했을 때
포기하고 무참하게 쓰러지지 말고
뒷걸음치며 달아나려고 후다닥 도망치지 마라

목표가 점점 더 멀어져 가는
손쉬운 포기는 너무나 어리석다

실패가 있기에 도전하고
무너졌기에 다시 쌓는 것이고
쓰러졌기에 다시 바르게 세우는 것이다

가슴이 쓰리고 아픈 실패가 있기에
손닿을 것 같은 기대감에 용기가 나고
성공했을 때 그리도 아름다운 것이다

실패의 순간에 다가오는 절망의 기운을
몽땅 훌훌 털어 버리고
실패에서 일어나는 투쟁을 하며 다시 시작하라

이 세상 누구를 바라보아도
실패가 하나도 없는 성공은 없다

실패는 뼈아픈 고통이기에 이겨 내고 만든
성공은 더욱더 빛나고 멋진 것이다

어제의 쓰라린 실패를 힘들고 어려웠던 시련을
지난날의 아름다운 추억으로 말할 수 있도록
성공의 감동 날을 만들기 위하여
오늘도 강한 힘을 마구 힘차게 쏟아내라

성공을 위하여 앞으로 나가라
도전에 도전을 해보라
성공을 손안에 쟁취하는 순간이 올 것이다

나는 할 수 있다! 수없이 외치며
성공의 날을 향하여 앞으로 뚜벅뚜벅 걸어가면
마음도 한결 개운해질 것이다

자신 있게 살아라

삶이란 단 한 번만 갈 수 있는 길이니
당당하게 힘차게 자신 있게 살아라

항상 긍정적으로 생각하고
언제나 적극적으로 움직이고
날마다 열심히 하여 행동하라

사람을 만나는 것을 즐기고
일하는 기쁨을 삶 속에서 누리고
삶의 보람과 가치를 가슴으로 느껴라

긍정적으로 적극적으로 자신 있게 살아가고
늘 양심의 소리를 듣고
선한 마음 착한 마음을 갖고 살아라

지난 일에 집착하지 말고
내일에 산 소망을 가지며
나 때문에 행복한 사람들을 만들어 가자

지나친 고정관념을 버리고
언제나 실전 능력을 발휘하며
즐거움과 기쁨 속에 자신 있게 살아라

인생이 짧다는 것을 뼈저리게 느끼고
서투르게 살지 말고 시간을 소중하게 여겨라
우물쭈물하다가 기회를 놓치지 마라

자신감이 모든 일에 기본이 되게 살아가며
눈시울이 뜨겁도록 기분이 좋게
자신의 인생에서 최고와 최선을 다하여
희망의 내일을 내 것으로 만들며 자신 있게 살아가자

맑은 물이 되어 흐르고 싶다

이 험한 세상 살아가며
괴롭고 힘들어하는 사람들에게
마음에 생기가 확 돌도록
맑은 물이 되어 흐르고 싶다

까칠하고 거친 사람들의
악하고 몰인정한 마음들이
얼키설키 엉킨 욕망이
깨끗하고 맑게 정화되도록
맑은 물이 되어 흐르고 싶다

일에 지쳐 힘들고 사지가 오그라들도록
고달픈 사람들의 아프고 지친 마음속에
힘과 용기가 힘차게 샘솟도록
맑은 물이 되어 시원하게 흐르고 싶다

힘을 잃고 나약함에 빠져
갈 길을 잃고 헤매는 사람들 속에
강하고 담대한 마음을 갖도록
맑은 물이 되어 쉴 새 없이 흘러내리고 싶다

비상구

나의 삶의 비상구는 오직 사랑이다

사랑의 힘이 모든 고통에서 모든 역경에서
모든 시련에서 모든 낙망에서 벗어날 수 있는
힘을 주고 마음을 굳건하고 강하게 만든다

사랑은 마음을 넓고 깊고 높게 만들고
사랑은 모든 것을 견디고 이겨 내는
인내의 힘을 만들어 준다

사랑은 고난을 극복하고 실패를 뛰어넘고
사소한 것에 굴복하지 않고
언제 어디서나 당당하게 이겨 내는
크나큰 힘을 만들어 준다

일상이 뒤엉켰다 풀릴 때
감추지 않고 있는 것
그대로 보여주고 나갈 때
나의 삶의 비상구는 오직 사랑의 힘이다

괴로운 일 찾아올 때

괴로운 일 찾아올 때
끝까지 인내하고 견디어라
시간이 지나가면 모두 다 지워 놓을 것이다

괴로움이 생각에 가득할 때
고통스러워도 참고 이겨 내라
세월이 지나가면 뭐 한순간 지나간 일이다

이 세상에서 나만 괴로운 것은 아니다
살다 보면 누구나 다 괴로움을 겪고 살아간다

괴로움에 먹구름으로 잔뜩 사로잡혀 있으면
표정도 안 좋고 되는 일도 안 되고 만다

인상이 찌그러지고 마음이 상하고 힘들어도
밝고 환한 얼굴로 웃으며 밝은 표정으로
어려움 속에서도 애쓰며 웃는 사람도 많다

괴로움이 괴롭힐 때 견디기 힘들어도
이런 일쯤이야 하고 웃어넘기자
표정이 살아야 인생도 살아난다

괴로움이 함부로 덤벼들지 못하게
마음을 강하게 하고 담대하게 갖자

희망을 이루며 살아가자

절망의 고삐를 남김없이
확 풀어야 희망이 찾아온다

흔한 눈물을 쏟아내며
한스럽게 한탄하며 하염없이 울지 마라
근심이 어느 사이에
손님으로 찾아와 주인이 된다

가슴에 아픈 멍 바라보며
너무 쉽게 빨리 포기하지 마라
걱정이 은근슬쩍 손님으로 찾아와
단골이 되고 주인이 된다

일상에 다반사로 찾아오는 슬픔을 훌훌 털고
걱정과 근심을 몽땅 던져 버리고
홀가분하게 희망을 만들어 가며
희망 속에 내일을 살아가자

희망을 이루며 살아가는
기쁨과 감동이 얼마나 좋은가
한 번 살다가는 인생
기분 좋게 희망을 이루며 살아가자

울분이 터지는 날은

울분이 터지는 날은 서러움에 맨가슴 치며
통곡하고 울며 맨주먹을 꽉 쥐었다

싸늘한 세상 눈빛에 싹 베인 가슴에
고독의 피가 뚝뚝 떨어져
이 궁리 저 궁리해 보아도 허탈만 남는다

뭔가 될 것 같고 뭔가 잡힌 것 같아도
구슬프게 가슴만 짜놓은 눈물만 흐르고
이리 틀어막고 저리 틀어막고 살아도
구정물이 흐르는 더러운 인생이 아니라면 좋다

각오와 다짐을 새롭게 하며 내일의 시간을
애타는 마음으로 숨죽이며 기다렸다

예전 같이 안 살겠다고 통한의 후회를 하며
다시는 그렇게 살지 않겠다고
생 입술을 깨물며 다짐했다

절망의 터널을 오가던 오랜 답습에서 벗어나
마침표를 찍고 힘겹게 이겨 내고
절망의 고통이 지나가면 희망이 눈앞에 보인다

먼 훗날 오늘처럼 후회하지 않게
내가 살아온 삶을 누가 보아도 당당하게
누구에게도 자랑스럽게 사람답게 살고 싶다

마음 고치기

인생을 살다 보면 내 마음에도 마가 끼듯
고장이 나서 뜯어고치고
깨끗하고 완전하게 수리해야 할 때 있다

사람의 마음은 심중에 떨어지는
악한 말 한마디에도 상처를 쉽게 받고
사람의 마음은 사랑받지 못하고
무관심 속에 버려져 있으면 상처를 받는다

사람의 마음은 홀로 은둔하면
너무 쓸쓸하고 외롭고 고독하여 상처가 생긴다

삶의 언덕이 가파르고 힘들고
지치고 힘들어 피곤이 쌓이면
몸과 마음에 상처가 생기고 깊어진다

상처를 받으면 위로가 그립고
칭찬이 그립고 정이 그립고
친절이 그립고 애정이 그립고
손길이 그립고 관심이 그리워진다

상한 마음 병든 마음 악한 마음
시든 마음 악한 마음을 살펴 가며
스스로 마음을 착실하게 가다듬고
순수하고 온전한 마음으로 살아야 한다

마음의 길

갈등과 오해의 아무런 벽이 없이
활짝 열린 마음의 길을
부담 없이 홀가분하게
서로 오갈 수 있다면 마음이 통하는 사이다

마음의 길을 언제나
어느 때나 서로 오갈 수 있다면
대화가 잘 이루어지고 마음도 하나가 되어
어떤 일 무슨 일도 편하게 할 수 있다

마음이 통하지 않고 불신이 정곡을 찌르고
마각이 드러나듯 서로 시기하고 질투하고
만신창이가 되어 아파하고 괴로워하며
고통 속에 살아가는 사람이 얼마나 많은가

조바심에 가슴에 응어리가 지고
아픔의 고통에 속마음이 울컥거리고
핏발이 곤두서도록 힘들고 어려울 때
포장을 벗겨내듯 어려움을 벗어 나가자

우리 서로 한결같은 마음으로
하나로 통하는 사이가 되어
이 각박하고 차가운 세상에서
힘차게 북돋아 주고 따뜻하게 격려해 주며
마음이 하나 되어 살아갈 수 있다

어느 고독한 날에

비가 추적추적 종일 내리는
어느 고독한 날에
앙상한 뼈만 남은 고독이 부딪치며 삐꺽거려
가만히 참고 견딜 수 없도록 외롭다

고독에서 벗어나고 싶은데
혓바닥과 목구멍을 넘나드는
그리움의 목마름은 갈증을 유발해
목마름이 더욱더 심해지고
복받치는 조바심에 몸부림치고 있다

허무한 생각이 속절없이
고독의 외진 골목길을 정신없이 쏘다니며
오다가 가다가 갈팡질팡 헤매고 있다

마구 헝클어진 마음의 매듭마저 풀려
마음의 깊은 계곡을 드나드는 깊은 한숨을 쉬며
깊은 수렁에 빠진 듯 고통에 시달린다

허전하고 텅 비어 뻥 뚫린 빈 마음에
혼자 외롭고 쓸쓸하고 고독해서
아무 쓸데없는 고독의 길을
혼자서 한정 없이 걸어가고 있다

기회를 잡아라

자신에게 찾아온 절호의 기회를 잡고
절대로 놓치지 마라
성공하는 사람은 찾아오는 기회를 잡는다

인생을 뜬구름 잡듯 허무하게 어떻게 되겠지
막연하고 안일한 공상과 허무한 망상은
말짱 거짓말인 참혹한 불행을 만들 뿐이다

기회는 찾아오기도 하지만
스스로 만들어 가는 것이다

성공의 씨앗을 가슴에 품고
기회가 찾아오면 발아하여
쑥쑥 힘차게 자라게 하라

기회를 얻은 사람은 웃지만
기회를 잃은 사람은 성질을 낸다

자신이 이루어 가고 싶은 일을
정확하고 분명하게 가슴에 새기고
목표를 분명하게 말하고
하나씩 하나씩 이루어 가야 한다

인생은 적극적일 때
새로운 발전
새로운 변화를 일으킨다

기회를 잡지 않으면
그 어떤 것도 손에 넣을 수가 없다

기회를 잡은 사람은
성공을 만들고 일을 완성하여 마감한다

인생이란 여행이다

인생이란 단 한 번도 살아본 적이 없는
생소한 삶을 살아가는 여행이다

떠나고 머물고 떠나면서
볼 것도 많고 할 것도 많고
찾아보고 싶은 것 갖고 싶은 것도 많고
만나고 싶은 것도 많고 많다

꿈과 희망을 품고 사는 사람은
즐거움과 기쁨 속에 기대하고 살지만
막연하게 사는 사람은 허무하다

인생이란 여행에서 만나는
모든 것들은 아름답고 신기하고
멋있는 것들이 많다

살아 있는 자연은 언제나
계절 따라 늘 아름다움을 선물한다

사랑하는 삶 속에서
만남과 이별이 연속이라
아쉬움과 미련도 있지만
인생이란 여행은 하루하루가
소중한 시간의 연속이다

인생이란 여행은 사람마다
출발과 끝이 다르다
행복은 인생이란 여행을
즐길 줄 아는 사람에게 찾아온다

자포자기

자신을 가장 초라하고 비굴하게
비참하고 처참하게 만드는 것이
찬물을 끼얹듯 뒤집어쓴 자포자기다

삶에서 수많은 어려움 속에 장애물을 만나지만
모든 것을 한순간에 무너뜨리는 것이
모든 것을 한순간에 쓰러뜨리는 것이
모든 것을 놓아 버리는 자포자기다

자기 스스로 아무것도 할 수 없도록
무능력하게 무기력하게 만드는 자포자기는
도망칠 수 없고 쪽도 못 쓰는 마음의 감옥일 뿐이다

자포자기의 늪에 빠지면 빠질수록
자기의 소중한 삶을 가치 없는 천방지축
천덕꾸러기로 낭패로 만들어 놓는다

자신을 어리석고 멍청하게 만드는
고정관념을 버리고 떠나야
초주검이 된 자포자기에서 탈출할 수 있다

자포자기에서 어서 빨리 나와라
자신의 어려운 상황을 재빠르게 극복하라
삶은 통틀어도 두 번 살 수 없는
단 한 번의 소중한 삶의 시간이다

화내지 마라

화를 곳곳에서 불러와 마구 화내지 마라
화를 낼 때마다 누군가 상처를 받고
자신의 마음도 상처받고
얼굴마저 보기 싫게 일그러진다

화를 자주 내면
얼굴의 인상도 성난 몰골로 흉하게 바뀌고
성격도 모질게 되고 진이 빠져나가
삶조차 보기 사납게 바뀌어 버린다

화는 화를 부르고
화는 불행을 부르고
화는 죽음을 부른다

벌컥 화를 내서 얼마나 많은 사람이
상처받고 괴로워하고 고통스러워하며
아파서 몸부림치는가

화를 내며 즐긴다면
그 마음속에 악마가 살고 있다

사람에게는 선한 마음이 꼭 필요하다
선한 양심으로
남의 마음을 편안하게 해주어야 한다

걱정하지 마라

마음이 나약할 때 마음이 흔들릴 때
걱정이 슬그머니 찾아와
마음을 흔들어 제 마음대로 놓는다

이골이 나도록 걱정하지 마라
걱정이 마음의 그늘을 만들고
걱정이 이루어 놓은 것은 하나도 없고
아무것도 해결해 놓지 못한다

걱정을 우려먹으면 마음을 상하게 만들고
몸을 연약하고 허약하게 만들고
생각이 빈약해 우물 안 개구리로
행동을 연약하게 만든다

입에 발린 소리로 걱정하지 마라
아무리 어렵고 고통스러운 일도
웅숭깊게 하나씩 해결하여 나가면
세월이 흐르고 시간이 흐르면
어느 사이에 걱정에서 벗어날 수 있다

머릿속에서 걱정할 시간에
몸을 분주하게 움직여 행동하라
걱정이 서서히 얼굴을 감추고
몸을 감추고 보이지 않게 사라질 것이다

올곧게 살아 걱정이 떠나면
웃음과 행복이 기쁘게 찾아오는
발걸음 소리가 가까이 들릴 것이다

수다 떨기

수다 떨기에 재미를 느끼다 보면
말을 더하고 빼다
말이 엉뚱한 데로 가고
진이 빠져 말썽이 생기기 마련이다

사람들은 남의 이야기에 호기심을 푹 빠뜨리고
남이 잘되는 것보다
무너지고 넘어지고 나자빠지고 쓰러지고
오장육부가 뒤틀어지고 망가지는
남의 이야기에 묘한 묘미를 느끼며
호기심을 갖고 재미를 느낀다

수다에 재미를 느낀 사람들은
자기들이 굉장하게 말 잘하는 줄 알고
사람들의 귀와 관심을 끌려고
슬쩍슬쩍 거짓말을 동원하여 거짓을 꾸미고
오지랖 넓게 서슴없이 조작을 일삼는다

사람이라면 선한 양심을 갖고 오금을 박듯
자기 자신이 한 말에 분명한 책임을 져야 한다

남에게 시비 걸고 상처를 주는 말과
남을 비난하고 욕하고 헐뜯는 말보다
남을 칭찬하고 배려하고 감싸 주는 말이
행복하고 편안한 세상을 만든다

일어나자 일어서자

인생 살기가 아무리 힘들고 어려워도
우리 함께 일어나자 일어서자

힘들고 지칠 때는 혼자서는 힘들지만
작은 힘도 서로 돕고 하나가 되어 뭉치면
크나큰 힘을 나타낼 수가 있다

어떤 경우에도 절대로 포기하지 말자
힘들다고 투덜대다가 때를 놓치지 말고
어렵다고 뒤돌아서서 도망치지 말자

세상 물정 몰라 후회만 깊어져 가고
잘못 살아온 삶이 억울하고 비참해도
한탄 속에 빠져 쓰러지지 말자

우리 함께 일어나자 일어서자
내가 누군가에게 힘이 되어 주면
누군가도 나에게 힘이 되어 준다

나를 몰라 본다고 괴로워하지 말고
나를 외면한다고 슬픔에 빠지지 말고
우리 함께 일어나자 일어서자

하나가 되어 노력하다 보면
하나가 되어 땀 흘려 나가면
세상이 우리를 원할 날이 올 것이다
사람들이 우리를 찾을 날이 올 것이다

약속

약속은 꼭 지켜야 약속이다

말하지 않아도 원하지 않았는데도
불쑥 찰떡같이 약속하고
전혀 모르는 듯 지키지 않는 것은
약속이 아니라 배신이다

약속하고서도 까마득하게 잊어버리고
자기 자신도 약속한 것을 잊어버리고
모르는 사람도 있다

약속을 해놓고도
기다리는 사람은 생각하지 않고
생각 속에서 싹 지워 버리는
열통 터지게 몰인정한 사람도 있다

세상이 불행해지는 것은
서로의 약속을 지키지 않아 이루어지기에
염병할 억장이 와르르 한꺼번에 무너져 내린다

서로의 약속만 잘 지켜나가도
세상은 평화롭고 아름답고
살기 좋은 행복한 세상이 된다

내가 살아온 삶이
내가 보아도 부끄럽지 않고
누군가의 자랑거리가 될 수 있다면
살아온 삶이 가치가 있는 삶이다

내가 살아온 삶이
기분 좋은 일이 될 수 있고
누군가에게 위로가 될 수 있다면
살아온 삶이 의미가 있는 삶이다

징검다리

거칠고 살기 힘든 세상에서
누군가에게 징검다리가 되어 주는 일은
희망차고 보람된 일이다

나약할 때 힘이 되어 주고
부족할 때 도움을 줄 수 있다면
넉넉한 마음이 될 수 있다

힘을 잃을 때 손을 꼭 잡아 주고
힘에 부칠 때 힘껏 밀어준다면
풍요로운 마음을 가질 수 있다

흐르는 물에 징검다리를 놓아
건너갈 수 있는 것처럼
세상의 흐름 속에 어렵고 힘들 때
서로서로 징검다리가 되어 줄 때
큰 도움과 큰 힘이 된다

어림없는 것들

어림없는 것들을
탐내는 것은 가장 어리석은 일이다
자신의 소박한 꿈을 이루어 가는 것이
순수한 마음이다

고난과 역경 속에서 모든 것을 이겨 내며
하나씩 하나씩 이루어 갈 때
얼마나 보람이 있고 기분이 좋은가

꿈을 하나씩 이루어 갈 때마다
성취감 속에 강한 힘이 생긴다
꿈을 하나씩 이루어 갈 때마다
내일은 어떤 일이 있을까 기대감이 생기고
좋은 일들이 일어나기를 원한다

어림없는 것을 얻으려 기웃거리고 발버둥 치며
괴로워하기보다 헛된 것은 마음속에서 지워야 한다
소박한 꿈을 하나씩 하나씩 이루어 가면
희망의 내일이 기쁨 속에 만들어진다

유난히 커피가 맛있는 날

기분이 상쾌해 유난히
커피가 당기고 맛있는 날은
컵에 남은 마지막 한 방울까지 아쉽게 느껴진다

사랑하는 사람을 반갑게 만났을 때
통하여 맞닿고 싶어지는 날
목마름에 마시고 나면
다시 마시고 싶어진다

커피를 많이 마신 탓에
밤을 꼬박 새우고 말았지만
새벽에 또 커피를 마시며
그 맛에 감동하는 날이 있다

깊은 감동으로 살고 싶어
허리도 펴고 온몸에 퍼지도록
삶의 깊은 맛을
느끼고 싶은 날이 있다

슬픔이 찾아올 때는

슬픔이 찾아올 때는
뼈저린 아픔과 함께
눈물이 같이 찾아와 온몸이 아프다

슬픔은 쓰라린 가슴과
애간장을 태우며
양이 차지 않는 서러움에
눈물을 쏟아낸다

슬픔을 좋아하는 사람은
아무도 없지만
초청하지 않아도
야단법석도 아니고 소문나지 않게
은근슬쩍 대놓고 불쑥 찾아온다

슬픔을 이겨 내고 나면
한층 더 성숙한 마음에
맑은 하늘에 해가 찬란함처럼
기쁨이 한가득 마음에 찾아온다

마음의 벽

옹졸함에 마음의 벽을 만들고
애매모호한 생각을 자꾸 높이 쌓아 올리고
고통 속에 포기하기 싫어 잘못을 알면서도
눈 질근 감아 준 것이 실수다

늘 조바심 탓에 일이 잘 엉클어지고
꽉 비틀어 쥐어짠 고통의 아픔이 오래가고
주변을 의식하며 살펴보는
차가운 시선이 가슴팍을 깊이 찌를 때
등골에 소름이 돋아 싸늘해지고 멀어진다

사람들이 찾아오고 다가오지 못하게
마음의 길목을 막아 버리는
까칠한 성격의 가시철망을 제거하라

내 안에 갇히면 답답하고 우울하고 초라하니
마음의 문을 열고 외출하여
자연과 사람과 만남을 시작해야 한다

내 마음의 벽이 높아갈수록
애가 끊어질 듯한 고독 속에
세상과 사람들과 단절이 시작된다

단절이 시작되면 깊은 외로움 속에
푸념과 한숨과 넋두리와 외마디가 찾아오고
마음에 상처가 많아진다

내 마음의 문을 활짝 열고
사람들 속에서 사람들을 만나며
어울리는 삶을 살아야 한다

함부로 무시하고 경멸하고 오만하게 큰소리치며
거만하게 행동한 못된 버릇을 버려라
그렇지 않으면 홀로 외톨이로 쓸쓸하게 남아
쓸쓸한 황혼을 보낼 것이다

살다 보면 인생살이가

산다는 것은 그리 쉬운 일이 아니다
무수한 고통과 절망이 몰려 올 때가 있다

살다 보면 인생살이가 고통이 되고 눈물이 되지만
언제나 그 아픔이 오래가지 않아 좋아지고
회복되기를 바라는 마음이다

뒤돌아 보지 않고 곁눈 팔지 않고
조바심 없이 꾸준하게 열심히 살다 보면
하루하루가 눈에 보이도록 달라져
웃음이 되고 기쁨이 되고 행복이 된다

이런 맛에 내일을 기대하며
오늘에 눈물과 땀과 피를 흘리며
열심히 살아가는 것이다

지나친 고통이 찾아올 때 너무나 감당하기 힘들고
안절부절못하고 어렵지만 지나친 기쁨도 도리어
자신과 남에게 해가 될 수 있어 안타깝다

늘 자족하는 마음으로 삶을 단순하게
잘 정돈하며 선한 마음
착한 마음으로 살아가고 싶다

나의 기쁨이 타인의 기쁨이 될 수 있고
나의 만족이 다른 사람의 만족이 될 때
알토란 같은 인생의 진한 맛을 느낄 수 있다

가야 할 길을 가라

가야 할 길을 가라
가지 못할 길 가서는 안 되는 길이다
길 아닌 길을 가는 것은 크나큰 불행이다

길이 천지인 세상에 수많은 길이 있지만
가야 할 길
가지 말아야 길이 있다
가야 할 길을 가라

어떤 길이든지 당신이 원하지 않는다면 갈 수가 없다
어떤 길이든 보기에 아주 좋은 길이든
가기 싫고 두려운 길이든 당신이 선택해야 갈 수 있다

지금 당신 앞에 수많은 길이 있다
당신은 어떤 길을 선택할 것인가
모든 것은 당신의 마음과 결심에 달려 있다

당신이 원하는 길을 선택하라
당신의 운명이 달라진다

길같이 보여도 길이 아니고
멋진 길 같아도 타락의 길이 있고
힘들고 지쳐도 가야 할 길이 있다

가기 쉽다고 가야 할 길이 아니고
가기가 편하다고 가야 할 길이 아니다
가야 할 길이라면 언덕길도
자갈길도 사막길도 걸어가야 한다

당신이 어떤 길을 선택하고 가느냐에 따라
당신의 삶은 달라진다

가야 할 길을 가라
가야 할 길을 가면 찾아오는 것은
땀 흘린 보람 속에
기쁨과 감동과 크나큰 행복이다

위험

마음속에서 심상치 않은
붉은 위험 신호가 악착같이 울려오면
그런 일은 절대 하지 말자

아무리 마음이 끌리고 당겨도
안달이 나도 마음에 먹구름이 끼고
장마가 온다는 생각이 들면
그런 일은 해서는 안 된다

생각지도 않은 고통이 닥칠 때
지나치게 의심하거나 분노부터 내지 말고
겁에 질려 절망과 절망 사이를 오가며
원망의 눈동자로 바라보지 말자

무심하게 남을 괴롭히거나 터무니없는
우격다짐으로 허물을 발가벗겨 놓듯이
드러내지 말고 미운 감정으로
추악한 오물들을 토해 내지 말자

위급하고 위험한 일을 하다가
고통을 빼지 못하게 쐐기를 박으면
쑥밭이 되도록 앙갚음하듯
당신을 불행하게 만든다

싸움판

세상 곳곳이 싸움판이다
말로 힘으로
서로 이기려고 내기라도 한 듯 싸우고 있다

서로 비웃고 조롱하고 헐뜯고
비아냥거리고 모함하고 트집 잡고
온갖 수작으로 손가락질하고 뒤통수치고
송곳 찌르듯 악성 댓글 달고 설레발치고
아귀다툼으로 고래고래 소리 지르며
다들 잘났다고 소리를 지른다

쓸개 빠진 놈 씨알머리 하나 없이
정의도 없고 인정도 없고 예의도 없고
분별력도 없이 내 편이 아니면
무조건 돌을 던지는 아수라장 아비규환이다

보고 있기에도 힘들고 지치도록
속수무책으로 언제 끝날지도 모르게
실마리도 없이 계속해서 싸우고 또 싸운다

무엇을 얻고자 하는 것인지
누구를 위해 하는지
사람들이 이 세상에 싸우려고
악바리로 태어난 사람들 같다

시답잖게 무조건 비난하며 악머구리 끓듯 하며
신물 나게 멀쩡한 사람에게 상처를 마구 주고
온 세상이 아퀴를 찢고 말 싸움판이다

세상 물이 온통 흙탕물이고 먹물이라도
더럽히면서 행복하기를
바라면 안 된다

물이 더럽혀지면 맑은 물을 찾듯이
진실을 잃어가는 세상일수록
바르고 정직하게 살아야 한다

목 놓아 울고 싶던 날

살아감에 한 많은 사람이
가슴에 가득한 설움을
다 쏟아 내고 싶어서
목 놓아 울고 싶던 날이 있다

왜 하필이면 나에게
이런 고통이 찾아왔나
원망과 한탄을 마구 하며
눈물을 펑펑 쏟아 내고 싶다

왜 무슨 잘못이 있기에
이런 절망이 찾아왔나
통곡하고 애통하며
가슴에 쌓인 슬픔 쏟아 내고 싶다

목 놓아 울고 싶던 날
한 없이 한 없이 울고 또 울고 나면
고통도 바닥을 보이고
슬픔도 바닥을 보이고
내 눈물 속에 내 아픔이 떠내려 간다

떠도는 삶

이곳을 저곳을 바라보아도
어느 한 곳에 빼도 박도 못하고
내 몸 하나 머물 곳 없는 사면초가라
쓸쓸하게 떠도는 삶이 외롭다

따뜻한 눈빛 하나 찾을 수 없고
포근한 손길 하나 만날 수 없어
맨 가슴 쥐어짜며 울기도 했다

이 넓은 세상에 홀로 남아
발길을 멈추고 쉬었다 가고 싶지만
고독하게 떠도는 삶이 외롭다

오라는 곳 어디 하나 찾을 수 없고
찾아오는 사람 하나 만날 수 없고
서로 사근사근하며 이야기할 사람이 없어
서러운 가슴에서 눈물만 난다

강하고 담대하라

인생을 당당하게 살고 싶다면
마음을 강하게 하고 담대하게 하라

기초부터 튼튼하게 세워진 탑은
쉽게 무너지지 않고
오랜 세월 비바람 눈보라를 견디며
흐르는 세월 속에 우뚝 서 있다

정신이 나약해지면 좀스럽고
눈치 보며 비굴해지고 나약해져서
생때같이 어려움이 닥치면 아주 쉽게 쓰러지고
무너져 내려 아무런 힘도 발휘하지 못한다

정신이 강하고 마음이 담대하면
그 어떤 두려움과 난관과 고난을
충분하게 극복하고 이겨 낼 수 있다

육체가 유혹에 샅샅이 타락하면
정신도 쉽게 무너져 타락한다

인생을 당당하게 살고 싶다면
무릇 마음과 정신을 올바른 곳에 두고
자신의 삶을 바르게 지켜 나가야 한다

인생을 강하고 담대하게 살아가면
인생의 어둠이 사라지고 빛날 것이며
커다란 기쁨 속에 스스로 감동하며 살 것이다

내 잘못

내 잘못을 빨리 보고 바로 알고
분명하게 깨닫고 바로 고칠 수 있는
마음과 행동이 매우 중요하다

한순간의 실수와 과오로 잘못이 시작되면
어긋난 길로 뒤틀린 길로 가다가
결국에는 파멸에 이르게 된다

인간은 누구나 잘못할 수 있기에
자기 잘못을 인식하고 시인하며
겸손한 마음으로 새롭게 변화해야 한다

잘못이 고쳐지지 않고 생각도 행동도 잔혹하고
목소리의 색깔이 자주 바뀌고
욕정에 사로잡혀 수단과 방법을 가리지 않으면
어긋난 길로 갈 수밖에 없다

잘못된 길을 가며 치욕스러운 삶을 살면서
즐겁고 행복한 사람은 없고
잘못된 길은 기쁨과 만족이 없다

비참한 신세가 되어 사설을 늘어놓아도
산통이 깨지고 불행의 늪에 빠지게 된다

잘못을 돌이켜 선한 길을 가면 갈수록
삶의 모습이 달라지고 살판나도록
인생의 의미와 가치가 달라지는 것을
가슴 깊이 마음 깊이 삼삼하게 느낀다

단순한 것들

단순한 것들 속에서
소소한 행복과 편안함을 찾을 수 있다

거칠지 않고 모나지 않고
그리 튀지 않는 단순한 것들은
늘 가까이에서 친밀감 있게 다가온다

세상은 어쩌면 단순한 것들이
가장 많고 단순한 것들이 만들어 간다

잡초는 어느 곳에서든지 자라고
작은 물방울들이 모여 시냇물과 강물과
호수와 바다를 만든다

단순한 것들이 모여 거대함을 만들고
단순한 것들이 모여 큰 힘을 만든다

모래알이 모여 거대한 해변을 만들고
구름이 모여 비를 내려 온 땅을 적신다

단순한 것들은 아주 소중하고
단순한 것들은 하나하나마다 아름답고
단순한 것들은 귀하고 소중하다

단순한 것들을 사랑하고 아낄 때
모든 것은 제자리를 찾고
자기의 모습을 나타내며 큰 힘을 나타낸다

유혹

유혹의 눈빛은 매우 강렬하다
유혹의 혀는 아주 능숙하다
유혹의 손길은 살갑고 부드럽다
유혹의 발길은 재빠르게 달려든다

한순간의 황홀감에 도취해
유혹에 빠져 허우적거리다가
유혹에 빠진 것을 깨달으면
어찌하여 내가 이렇게 되었나
허무한 한탄이 시작된다

덫처럼 걸려 버린 유혹에
늪처럼 빠져 버린 유혹에
마음을 빼앗기고 몸을 망가뜨리면
모든 것이 갈라지고 무너지고
쓰러지고 흐트러져 사라질 수 있다

갖가지 유혹은 지금도 곳곳에서
시시각각으로 쓰러뜨리고 싶은 것들을
관심 있게 쳐다보고 있다

유혹에 빠져 망가지면
그동안 갖고 있던 삶의 가치가
한순간에 몽땅 파괴된다

유혹에 쓰러진 흔적은
잔인할 정도로 오랫동안 남는다
유혹에 넘어진 흔적은
살아 있는 동안 언제나 따라다닌다

내가 살아온 삶이

내가 살아온 삶이
내가 보아도 부끄럽지 않고
누군가의 자랑거리가 될 수 있다면
살아온 삶이 가치가 있는 삶이다

내가 살아온 삶이
기분 좋은 일이 될 수 있고
누군가에게 위로가 될 수 있다면
살아온 삶이 의미가 있는 삶이다

내가 살아온 삶이
닮고 싶고 살아 보고 싶고
누군가의 희망이 될 수 있다면
살아온 삶이 보람이 있는 삶이다

내가 살아온 삶이 부합하여
도움이 되고 격려가 될 수 있으면
내가 살아온 삶이 진가를 발휘하는 것이다

오늘이 내일을 만든다

오늘이 내일을 만든다

오늘의 노력이
내일의 성공을 만들고
오늘의 땀이
내일의 열매를 만든다

오늘의 꿈이
내일을 현실로 만들고
오늘의 희망이
내일을 눈앞에 펼친다

양심

양심이 진실하게 살아 있어야
사람답고 인간미가 있고
정들고 만나고 싶다

양심이 죽으면 부랴부랴
볼멘소리 외쳐도 볼 장 다 보아도
부질없이 마음도 따라 죽는다

부아가 나고 양심이 검고 싹수도 없고
봉두난발하여 본데없이 더럽고 추하면
삶이 변질되고 악하고 치사하다

태중에서 시작한 인생의 아침부터
죽음에 이르는 황혼까지 삶 전체는
서로 지켜야 할 약속으로 이루어졌다

양심은 늘 깨끗하고 선하고 맑아야
삶이 아름답고 사람 냄새가 난다

내가 보아도 그 누가 보아도
선한 양심으로 살아야
사람 같아 정이 들고 늘 함께 하고 싶다

마음

마음은 눈에는 보이지 않지만
깨지기도 하고 부서지기도 하고
상처받기도 하고 구겨지기도 하고
열리기도 하고 닫히기도 한다

마음을 올바르게 다스리고
잘 움직이는 사람이 현명하다

마음은 흔들리기도 하고 풀 죽기도 하고
딱딱하게 굳어지기도 하고
맥없이 풀리고 주저앉기도 한다

날마다 새롭게 번갈아 마음을 지킬 줄 아는
사람이 자신의 삶을 지지고
배알이 꼬이지 않고
올바른 마음 정직한 마음
깨끗한 마음 사랑의 마음이
올바른 판단과 결정을 한다

마음이 악에 물들지 않고 타락하지 않고
유혹받지 않도록 잘 관리해야
자신의 삶을 옳고 바르게 살 수 있다

내 편 네 편 분리하기 시작하면
서로 갈등만 생기기 시작한다

높은 산처럼 넓은 바다처럼 그 넓은 하늘처럼
모든 것을 한아름으로 품을 수 있는
넉넉하고 넓은 마음으로 살아가자

인생길

인생길 홀로 가기 외로우면
우리 만나 서로 사랑을 하자

홀로 가는 길보다
동행하며 같이 가는 길이
얼마나 아름답고 좋은가

사랑해서 좋고
외롭지 않아서 좋고
반죽 좋게 사랑을 나눌 수 있으니
기쁘고 행복하다

인생길 외로움에 발목 잡혀
홀로 가기보다 함께 가면
힘이 되고 좋지 않은가

의지해서 좋고
마음을 나눌 수 있어 좋고
서로의 마음 다지며 사랑할 수 있으니
이 얼마나 좋은가

억지 부리지 말자

무리해서 하지 못할 일을 하려고
함부로 억지 부리지 말자

억지의 밑천은 욕심에서 시작되고
헛된 욕망과 선을 떠난 과욕에서 시작한다

바가지 긁듯 억지를 부려도
안 되는 일이 될 리가 없고
억지를 부리면 부릴수록
잘못되고 어그러지고 부서지고 깨지고
비틀어지고 사고가 터져 버리고 만다

억지를 부리면
자신도 주변 사람도 힘들고
바가지 쓰듯 마음도 고통스럽고 괴롭다

박살 내도록 억지를 부리지 않고
자연스럽게 순리로 살아가는 것이
삶을 살아가는 가장 좋은 방법이다

꿈 1

꿈이 없이 살아가면
삶은 아무런 의미가 없고
힘도 없고 맥도 없이 축 늘어져서
시들어져 살아가는 재미가 없다

꿈이 없이 살아가면
삶은 아무런 목적도 없고
날마다 소득 없는 허탕으로
빈손의 허무와 가슴이 미어지도록
허탈만 수북하게 쌓인다

내일이 오늘로 찾아와도
날마다 그날이 그날의 되풀이고
몰래 돌아가듯 지루함만 도는 날들의 연속이다

꿈을 갖고 살아가면
현재에 최선을 다하고
내일을 기대하며 살아간다

꿈이 이루어지면
심장이 설렘으로 마구 뛰고
눈에 보이지 않던 꿈이
눈앞에 현실이 되어 보이기 시작한다

피와 땀 눈물로
꿈을 이루어 놓으면
미주알고주알 감사하고 감동하고
모든 것들이 무한정으로 기쁘고 즐겁다

꿈 2

꿈을 적어라
꿈을 마음에 새겨라
꿈을 외쳐라
꿈을 향하여 나가라
꿈을 현실로 만들어라
꿈의 주인공이 돼라

짧은 인생

짧은 인생이기에
하루하루의 삶이
소중한 것이다

단 한 번의 인생이기에
하루하루의 삶이
뜻깊은 것이다

짧고도 짧은 인생
지나가면 돌아오지 않기에
하루하루가
의미가 깊은 것이다

문제

문제 속에는 해답을 원하는
문제도 있지만
문제 속에는 기회가 있다

문제를 풀면
문제는 문제가 아니라 해답이 되고
새로운 기회가 찾아오는 것이다

물음표가 기분 좋은 느낌표로
새롭게 바뀌는 순간이다

대부분 사람은 문제를 귀찮아하고
싫어하지만 문제가 없으면
아무것도 없다

문제로 골머리를 앓지 말고
슬기롭게 지혜롭게
문제를 풀고 앞으로 나가라

이 세상에 문제가 없으면 너무 밋밋하고
살 의미도 살 재미도 없이
무의미할 것이다

문제는 나를 위한 것이다
나에게 당면한 문제를 풀고
내일의 문을 무진장 열고 나가자

도전

도전은 한 번도 걸어가지 않은 길을
걸어가는 것과 같고
단 한 번도 전혀 가보지 않은 낯선 길을
홀로 당당하게 걸어가는 것이다

때로는 돌부리에 걸려 넘어질 수 있고
비바람 눈보라 태풍을 만날 수도 있고
신발에 작은 모래알이 들어와
걷기가 몹시 힘들 때도 있을 것이다

이 세상 어느 길이든지
처음 도전하는 길은 생소하여
그리 쉬운 길은 없을 것이다

도전의 길을 걷다 보면
고통이 멱살을 흔들어 잡고
시련이 몸과 마음을 비틀어 쥐고 놓지 않아
힘들고 지쳐서 낙심할 때도 있을 것이다

도전하여 나가는 길은
끝까지 걸어가 종착지에서
마침내 마침표를 찍어야 한다

어렵다고 돌연 포기하거나 중간에 돌아가면
모든 것이 다 물거품이 되고
아무런 면목 없이 허탕치기다

도전은 피 땀 눈물을 흘리더라도
마지막 발자국이 도착 선을 넘을 때까지
언제나 열심히 하고 최선을 다하고
목적이 분명해야 도전에 성공하는 것이다

비전

비전은 보이지 않던
내일에 내가 원하는 모습으로
분명하고 확실하게 바라보는 것이다

내일의 삶을 위하여
무엇을 어떻게 할 것인지
목적과 사명이 분명하면
행동이 시작되고 움직여 나가는 것이다

비전은 남이 보지 못하는 내일을 바라보고
마음에 확신을 갖는 것이다

비전은 내일을 향한
강한 힘이요 강한 능력이다

비전이 분명한 사람은
마음이 굳건하게 서서
어떤 경우에도 전혀 흔들림이 없다

비전이 확실한 사람은
마음이 강하고 담대하여
전혀 다른 곳에 마음을 두지 않는다

오직 비전을 향하여
오직 비전을 이루기 위하여
몸과 마음을 던진다

사람

꿈 없이 희망 없이 사는 사람은
사람의 모양만 있는
마가 낀 듯 허깨비일 뿐
아무 소용이 없는 말짱 도루묵 인생이다

기회를 놓친 사람은
손에 쥔 것이 아무것도 없는
허무하고 허탈한 빈손
아무 보잘것없는 만신창이 인생이다

일하지 않고 사는 사람은
돈 한 푼 없는 빈털터리는
말짱 거짓말인 헛껍데기
초라하고 부족한 건달 인생이다

감사하면

감사하면 얼굴이 밝아진다
감사하면 감사할 일이 생긴다
감사하면 기분이 좋다
감사하면 일이 잘 된다
감사하면 마음이 넓어진다
감사하면 행복이 찾아온다
감사하면 복을 받는다

자신에게 말하라

자신에게 말하라
자신이 한 말은 자신에게 돌아온다

과연 될까? 안 될 거야?
이런 부정적인 말을 하지 말자

나는 충분히 가능해! 나는 할 수 있다!
이런 긍정적인 말이
성공을 부르고 성공을 만든다

자신에게 말하라
나는 할 수 있다
나는 능력이 있다

자신이 원하는 꿈을 소리 높여 외쳐라
하늘이 듣고 땅이 듣고 자신이 듣는다

소리쳐 외칠 때마다
가슴 속에서 소리칠 때마다
명확한 확신과 자신감을 가져라

자신이 말한 대로
내일은 그 말 그대로 될 것이다

책을 읽어라

책장에 책을 파수병처럼 세워 놓고
책이 많다고 자랑만 하지 말고
책을 읽어라

책을 읽지 않으면 아무리 책이 많아도
책이 아니라 일렬로
벽돌을 책장에 가지런히 세워 놓은 것과 다를 바 없다

책을 읽어라
살아 있는 언어가 생각 속에서 삶 속에서
마음껏 춤을 추게 하라

책을 읽으면 읽을수록
지식이 폭넓고 깊게 쌓여가고
지혜가 생겨서 총명한 사람이 될 것이다

책을 다양하게 읽으면 읽을수록
다양하고 해박한 지식을 얻고
글자 속의 여행을 마음껏 신나게 즐길 수 있다

책을 읽으면 생각이 변화되고 행동이 변화되고
삶에도 놀라운 변화가 찾아올 것이다

목표

목표는 한 번 정해지면
이리저리 움직이지 않고
언제나 고정되어 제자리에 우뚝 서 있다

확실한 목표를 정한 사람은
목표가 이루어지는 날까지
도전의 도전으로 박차를 가하며
눈앞에 이루어 내는 것이다

목표를 향하여 나갈 때 수없이 찾아와
몹시 괴롭히고 힘들게 하는
고난과 시련과 역경들은
바람처럼 불어왔다 떠나가고
안개처럼 끼었다 어느 사이에 금방 사라진다

상승기류를 타고 나가며
목표를 쟁취했을 때 놀라운 만족감은
하늘을 날아가듯이 좋고
온 세상을 다 가진 듯이 기쁘고 또 기쁘다

인생의 목표를 정하라
무의미하게 시간만 흘려보내지 말고
가치 없이 세월만 흘려보내지 말고
오직 목표를 향하여 도전하라

이것이 인생을 사는 방법이요
이것이 삶을 살아가는 멋진 참모습이다

시간

시간은 흘러가면 다시는
영영 똑같은 시간은 돌아오지 않고
숨겨 놓거나 따로 보관할 수가 없다

삶이란 흘러가는 시간 속에
단 한 번 살아가는 것이다

시간을 함부로 낭비하지 말라
시간을 헛된 곳에 허비하지 말라
시간을 쓸데없이 사용하지 말라

시간은 너무나 고귀하고 소중하여
말로 다 표현할 수가 없다

세상의 모든 일은
흘러가는 시간 속에서 이루어진다

때로는 시간을 놓쳐 버려
뒤죽박죽 혼선을 일으키고
엉키고 뒤바뀌어 난장판이 되고 만다

시간은 순리대로 순서대로 사용해야
좋은 결과를 만들 수 있다

연습

연습이 매우 중요하다
연습이 없으면 기술이 숙달될 수 없으며
맨날 똑같이 그 타령에 머물 수밖에 없고
실전에서 실력을 발휘할 수가 없다

이 세상의 어떤 분야에서도
피 땀 눈물을 흘리며
연습하는 동안 고통과 시련 없이
성공한 사람은 없다

연습이 명연주 만들어 내고
연습이 명연기를 하게 만들고
연습이 명작을 만들고
연습이 명인 장인을 만들어 낸다

연습이 그냥 연습에 불과하면
아무런 소득 없이 연습으로 끝난다
연습을 연습답게 실전처럼 하여야
연습의 결과가 만족스럽고 매우 좋다

연습하는 시간에 최선을 다하면
실전에서 환호하고 싶은 좋은 결과가 나온다

내일 자기 분야에서
명장 명인 장인이 되려면
연습할 때부터 최선을 다하라

지금

지금 하고픈 일이 있다면 어서 하라
시간이 지나가면 다시 못할지도 모른다
사람의 마음은 수시로 바뀔 수 있으니
지금 할 수 있다면 마음 변하기 전에 빨리 하라

지금 하고픈 사랑의 말이 있다면 얼른 하라
오늘이 흘러가면 다시는 기회가 없을지도 모른다
사랑하는 사람이 곁을 떠날지도 모르니
사랑의 고백을 하고 싶다면 어서 입을 열어서 하라

지금 용서를 하고 싶다면 어서 찾아가서 용서하라
오늘이 어제가 되어 버리면 이 마음이 될지 모른다
이 순간이 오지 않으면 용서 못 할 수도 있으니
마음의 문이 닫히기 전에 속 시원하게 용서하라

지금 어려운 이웃에게 나누고 베풀고 싶다면
뒤돌아 보지 말고 어서 빨리 당장 시작하라
베풂과 나눔에 누군가 마음이 행복해진다면
우리가 삶을 살아갈 분명한 이유가 된다
시간이 지나고 후회하기 전에 어서 빨리 시작하라

아침

하루가 열린다
태양이 붉게 빛을 발하며 떠오른다

꿈이 온 세상에 펼쳐진다
희망이 힘차게 솟구친다

하루의 시작은 태양이 동터오는
벅찬 감동 속에 이루어진다

하루를 시작하는 아침에
힘찬 용기를 갖고
내일을 위한 도전의 첫발을 내딛어라

시간이 지나고 나면 견딜 만하다

발등에 불이라도 떨어진 듯 마음이 급하고
초주검이 되어 견디기 힘들었던 순간들도
시간이 지나고 나면 견딜 만하다

시간을 다투듯 생사기로에서 어찌할 바를 몰라
몸부림치며 입술 바싹 마르도록 피 말리던 순간들도
시간이 지나고 나면 견딜 만하다

가슴이 옥죄여 오고 마음을 둘 데가 없어
심장이 있는 대로 쪼그라들었던 괴로운 순간들도
시간이 지나고 나면 견딜 만하다.

이리할 수도 없고 저리할 수도 없어
마음 졸이며 이리저리 뛰며 해결할 방도를 찾으며
미치도록 버티려고 몸부림쳤던 순간들도
시간이 지나고 나면 견딜 만하다

늘 넓은 마음으로 누구나 그럴 수도 있지
늘 넉넉한 마음으로 누구나 그럴 수도 있지
이런 마음으로 살아가면 어렵고 힘들 때도
마음의 여유가 분명히 생겨 잘 이겨 낼 것이다

인생의 디딤돌

지난 세월 좌절 속에 겪었던 실패의 처절함과
지난 시간 고통과 아픔 절망과 곤욕을
인생의 디딤돌 삼아 앞으로 나가자

시련과 고난을 극복하며
한 발자국 한 발짝씩
앞으로 나갈 때가 가장 기쁨이 크다

시련과 역경을 끝내 이겨 내고
전진하여 나가면 아무 거리낌 없는
보람과 기쁨에 심장이 마구 뛰기 시작한다

이제부터는 잘될 것이라는 생각과
기대 속에 기쁨이 자꾸만 커져만 간다

지난 세월 지독하게 고통스러운 어려움을
홀로 감당하며 온몸으로 경험했기에
앞으로 나가는 길이 도리어 순탄하게 보인다

견디기 힘들었던 고통과 아픔 절망과 시련을
다 겪고 겪은 만큼 더 성숙해지고 능숙해진
제 모습이 당당해 보여서 놀랍다

지난 세월 속에 모진 고통과 모진 아픔
등골이 빠지게 힘든 모진 설움을
인생의 디딤돌 삼아 앞으로 나가면
어려울 것 거칠 것이 하나도 없다

물 1

물은 비가 내릴 때 한 방울 한 방울
하늘에서 땅에 떨어지지만
홀로 있지 않고 서로 만나
함께 더불어 뭉쳐서 하나가 된다

혼자서는 작은 존재이기에
물은 서로 어울림 속에 흘러가며
산골짜기에서 노래를 부르고
격하게 떨어지고 싶으면 폭포를 만들고
머물다 가고 싶으면 호수를 만들고 물이 모여 들어
시냇물을 만들고 강을 만들고 바다를 만든다

물은 교만하지 않고 지극히 겸손한 마음이다
물은 틈만 있으면 때만 되면
낮은 곳으로 낮은 곳으로
겸손하게 흘러가 바다가 된다

물은 바윗덩어리가 떨어져도 서로 깨져 떨어지지 않고
다시 서로 뭉쳐 하나가 되어 크나큰 힘을 나타낸다

이 세상의 모든 것은 깨어지면
비참하고 초라하고 보잘것없어지고
원래 모습으로 돌아올 수 없지만
물은 언제나 본래 모습으로 돌아온다

물이 하나가 되는 것은 대자연의 섭리라
누구도 막을 수 없고
물은 언제나 자유롭게 하나가 되고
물이 하나가 되는 것은
대자연의 위대하고 크나큰 힘이다

이 세상의 수많은 물방울들이 모여
최고의 명작 바다를 만들어 놓는다

물 2

물은 한 방울 한 방울일 때는
큰 힘을 나타내지 못한다

물은 만나면 만날수록
서로 뭉쳐 하나가 되어
큰 힘을 나타내고 발휘한다

작은 빗방울들이 모여
시냇물이 되고 시냇물이 모여
강물이 되고
강물이 모여 큰 바다가 된다

물은 모여들수록 큰물이 되어가고
사는 물고기 크기도 다르고
파도의 크기도 다르고
물이 하는 일도 달라진다

물은 모이면 모일수록
큰 힘을 만들고
큰 힘을 표현하고
큰 힘을 나타낸다

하루

하루는 날마다 찾아오기에 무관심하고
무의미하게 생각할지 모르지만
매우 소중하고 고귀한 날이다

하루가 때로는 그날이 그날처럼 평범하고
아무 가치 없어 보이지만
하루하루 의미 있게 최선을 다해서 살기에
세상은 아름다워지고 살기 좋아진다

하루는 매일 매일 왔다 가지만
다시는 똑같이 찾아올 수 없는 날이다
하루는 이 세상을 떠난 사람들이
그토록 살기를 원한 날이기도 하다

하루 동안 얼마나 많은 일들이 일어나는가
삶과 죽음 갖가지 사건들 속에
정신없이 돌아가는 것 같지만
모든 것은 질서 속에서 움직이고 있다

꿈과 희망을 품고 하루하루 속에
주어진 일에 최선을 다하면 내일이 행복하고
하루하루 속에 사랑하며 사는 사람은
내일이 기대되고 기다려진다

실패했기에

실패했기에 다시 일어서고 싶은 것이고
된서리 맞듯 쓰러지고 좌절하고 포기했기에
당당하게 다시 일어서고 싶은 것이다

실패로 모든 것이 막을 내리고 두루뭉수리 끝난 것이 아니라
실패를 잘 알고 대처하여 반복하지 않는 비결을 알아내어
소중한 경험으로 새로운 도전의 기회가 되고 거울이 되어
흔들리지 않는 단단한 밑바탕이 되는 것이다

실패로 무너졌기에 일어서는 것이 소중한 줄 알고
실패로 곤경에 빠졌기에 부족했던 것을 깨닫고
실패가 있었기에 중도 포기하려고 했던 연약함을 알 수 있다

실패를 바르게 받아들이면 새로운 인식으로 전환되고
새로운 방법을 확실하고 분명하게 터득해
달라진 마음속에 꿈과 희망을 이루어 가는 것이다

실패를 딛고 일어서자 힘차게 역동적으로 일어서자
우리는 할 수 있다 생명이 힘차게 고동치며 살아 있다
우리는 할 수 있다 우리에게는 내일이 있다

바람

사방에서 불어오는 바람 중에
따뜻한 훈풍은
누구나 좋아하지만
훈풍은 강하게 만들지 못한다

바람 중에 덤벙대다
거친 태풍에 덜미 잡히면
누구나 두려워하지만
이겨 낼 때 강하고 담대해진다

두렵고 모질고 사납고
거친 바람이 강하게 만들고
거센 바람이 강하게 만든다

바람의 세기에 따라 성장하고
바람의 세기에 따라 강해진다

똑같은 반복은 없다

이 세상에 그 어떤 것도
똑같은 행동은 있어도
똑같은 반복은 전혀 찾아볼 수 없다

매일 아침에 태양이 떠올라도
날마다 동트는 모습이 다르다
비가 내릴 때마다 똑같아 보여도
비의 모습이 제각기 다르다

바람도 불 때마다
바람의 세기가 전혀 다르다
매일 만나는 사람들도
만날 때마다 표정이 그때마다 다르다
사랑하는 사람의 마음도 그때마다
시시때때로 달라진다

이 세상에 똑같은 반복이 없기에
순간순간 매우 소중하고
만남과 만남이 아주 소중하고
하고 싶은 일을 하는 것이 지극히 소중하고
날마다 하루하루 살아감이 소중하다

이 세상의 모든 움직임은
움직일 때 단 한 번뿐
할 때마다 각각 다르다
이 세상에 똑같은 반복은 전혀 없다

인생살이

단 한 번 왔다가 떠나는 인생살이
살며 살아가며 얻고 잃은 것도
세월이 지나고 보면 바람같이 왔다 떠난 것들이다

늙고 나면 젊은 날의 모든 것이
스쳐 간 바람인 듯 아득하기만 하다

하루가 멀다고 만났던 친구들도
하나둘 떠난다는 말도 없이 세상 떠나고
하늘 높은 줄 모르는 권세를 누리던 사람들도
잊어버린 사람들이 되어 어찌 사는지도 모른다

세상 떵떵대며 살던 부자가
폭삭 망하여 하루아침에 알거지 신세가 되고
그 사람 아니면 안 될 줄 알았던 일도
벌써 다른 사람들이 하고 있다

살고 살다 보면 별것도 아닌 인생살이
왜 그렇게 아옹다옹 싸우면서 사는지
세월이 지나고 생각하면 모두 다 멋쩍고
싱거운 일일 텐데 죽기 살기로 싸우며 달려든다

늙고 늙어도 입만 동동 살아 지껄이는 사람도 있고
그리 잘났어도 조용히 관조하며 사는 사람도 있다

인생살이 사람 냄새나도록 살아야지
끝까지 해보겠다고 난리 치고 산들 뭐 그리 좋을까
나 때문에 불행한 사람보다
나 때문에 행복한 사람이 많아야
잘 왔다 가는 인생살이가 아니겠는가

행복한 꿈

하루의 일과를 끝내고
편안하게 잠드는 밤
홀가분하게 모든 것을 내려놓고
편안하게 단잠을 자며
행복한 꿈을 꾸자

지금 이 순간이 소중하다

지금 이 순간은 지나가고 떠나면
다시 찾아오지 않는 소중한 시간이다

지금 이 순간은
꿈을 이루는 시간이다
희망을 펼쳐 나갈 수 있는 시간이다
사랑할 수 있는 시간이다

원하는 일 꼭 하고 싶은 일이 있다면
나중에 하며 서둘러서 핑계 대지 말고
지금 곧 시작하라

시간이 흐를수록 눈앞에
내가 원하던 순간이 펼쳐지고
점점 더 가까이 다가올 것이다

지금 이 순간은 내 삶 속에서
단 한 번 찾아오는 소중한 시간이다

마음의 상처

이 험한 세상 살면서
상처 하나 없이 사는 사람 있을까

살펴 보면 모두가 상처투성이다
살다 보면 이런 일 저런 일
몸과 마음에 상처가 생기기 마련이다

노골적인 심한 말 한마디가 상처가 되고
거슬리는 행동 하나 독한 눈빛 하나가
마음의 상처에 녹초가 될 때도 있다

마음의 상처는 눈시울 붉히는
아주 작은 상처로부터 닦달하다
헤어 나오기 힘든 큰 상처까지
수많은 상처가 있다

상처는 마음을 풀어 나을 수 있는 상처가 있고
약과 수술로 치유될 수 있는 상처가 있고
상처를 뇌까리다 더 큰 상처를 만들어
치유될 수 없는 상처도 있다

마음의 상처를 서로 주고받지 않는다면
단출하게 참 좋은 사이가 될 것이다

힘들고 어려울 때

힘들고 어려울 때
너스레 떨듯 속마음 몽땅 풀어 놓고
이야기 나눌 다정한 사람 있다면
마음에 따뜻한 위로가 된다

살다가 생긴 마음의 짐
점점 무거워 감당하기 힘들 때
누군가 잠시라도 도와준다면
마음에 크나큰 힘이 된다

괴롭고 고통스러울 때
찢어지는 마음을 넋두리 풀어도
위로해 줄 정겨운 사람 있다면
마음에 넉넉한 여유가 생긴다

뼛골 빠지게 시름 뭉칠 때
잠시 잠깐 인생의 짐 내려놓고
마음을 함께할 사람이 있다면
살아갈 힘이 솟아나고 생겨난다

마음의 간격

마음속에 틈이 생기면
간절함이 사라져 버린다

마음의 간격이 멀어질수록
거리감이 생기고 점점 더 멀어져 간다

간격의 시작은 거절의 시작
단절의 시작이 떠남의 시작이다

애절하게 사랑하던
마음이 사라져 버렸다

마음의 간격이 생길수록
관심이 싹 사라졌다

간격의 시작은 만남의 소통을
싹 뚝 끊어 버리는 이별의 시작이다

행복

사람은 누구나 행복해야 하고
내가 행복해야만 다른 사람도 행복하게 해준다

내가 불행하면 내 고통에 갇혀
헤어 나오려고 몸부림치기에
다른 사람을 생각할 마음의 공간과 여유가 없다

행복한 사람은 마음이 기쁘고 즐거워
세상이 아름답게 보이고
다른 사람을 이해하고 용서한다

함께 같이 해주기를 아주 좋아하고
사랑을 하면 행복하고
사랑에 빠지면 더욱더욱 행복하다

행복할 때 일하면 능률이 더 오르고
행운도 기회도 더 많이 찾아온다

누구나 마음먹은 만큼 행복하게 살아가며
행복하면 힘이 넘치고 생기가 돌고
자신감과 열정이 힘차게 넘쳐나
주변에서도 잘 알 수 있다

꿈을 이루어 가며 행복한 사람은
얼굴이 밝고 표정도 아주 밝다
행복이 마음에서 커가며
얼굴에 표현되는 것이다

쓸모 있는 인생이 되면
매사에 강한 추진력이 생기고
넘치는 힘과 역동감이 생기고
뜨거운 열정 속에 자신감이 살아난다

삶을 살아가는 존재감이 살아나
매사가 즐겁고 행복과 기쁨이 넘치고
꿈과 희망을 이루어 가는
역동적인 감동이 넘쳐난다

갈등

마음과 마음의 선이 맞부딪치고
꼬투리 잡아 흔들어 대면
날카로운 갈등이 일어난다

서로 관심이 사라지고
서로 이해하지 않고
서로 용서하지 않는다

생각하는 대로 느끼는 대로
추하게 까칠하게 살아
맞부딪치며 까다롭게 뒤엉켜
난장판이 되어 풀기가 몹시 힘들다

생각과 생각이 몰려들어 꼬투리 잡아
갈등을 일으키고 혼란을 일으켜
풀어 내기 힘든 갈등이 시작되었다

아름답게 살지 못하는
날카로운 갈등은 가슴이 아프다
자꾸만 꼬드기는 갈등은 힘들고 고통스럽다

한마음

누구나 서로 각자의 일을 할 때는
서로 다른 생각으로
서로 개성 있게 살아가야 한다

그래야 다양하게 변화가 있고
새롭게 발전하고 다양하게 많은 것을
생각하고 개발하여 만들어 낼 수 있다

누구나 마음과 생각이
각각 다르게 살아가지만
우리는 시시때때로 한마음 되어 살아가자

서로가 필요할 때마다
하나가 되어 한마음이 되어야
큰 힘을 발휘할 수 있고
혼자서는 못하는 일들을 해낼 수 있어서
세상 살기가 좋아진다

감사하는 마음

누군가가 나에게 해준 일이
고맙게 느껴지면
감사하는 마음이 생긴다

감사가 많아지면
마음이 넓어지고 행복해진다

감사가 많아지면
마음이 관대해지고 기쁨이 넘친다

감사가 많아지면
마음이 커지고 웃음이 찾아온다

누군가가 나에게 관심을 주는 것이
따뜻하게 느껴지면
감사하는 마음이 생긴다

감사하는 마음이 커지면
사람들이 좋아진다

감사하는 마음이 많아지면
삶에 의욕이 넘친다

감사하는 마음이 많아지면
마음이 평안하다

쓸모 있는 인생

쓸모없는 인생 꺼벙하여 가치가 없고
세상사 자기 일에 아무런 관심이 없고
무관심 속에 인정받지 못하고 있다

자기 스스로 깨닫고 알고 달라지면
아무 쓸모없고 가치 없던 인생이
어디서나 쓸모가 많은
대단한 의미와 존재 가치가 있는
참다운 인생이 될 수 있다

고통 많고 곡절 많아 주목받지 못하고
고난이 많고 고민이 많아 무관심 속에
주목받지 못하고 내팽개쳐져 버림을 당한 듯
초라하던 인생이 존경을 한몸에 받는
쓸모 있는 인생
가치 있는 인생이 되었다

쓸모 있는 인생이 되면
매사에 강한 추진력이 생기고
넘치는 힘과 역동감이 생기고
뜨거운 열정 속에 자신감이 살아난다

삶을 살아가는 존재감이 살아나
매사가 즐겁고 행복과 기쁨이 넘치고
꿈과 희망을 이루어 가는
역동적인 감동이 넘쳐난다

절망의 어둠에서

어둠 속에서 빛이 더 밝게 빛나듯이
절망 속에서 찾아낸 희망은
더욱더 간절한 마음으로 다가온다

어둠이 지배하는 곳에는
생명이 자랄 수 없듯이
절망에 머물러 있으면 아무것도 할 수 없다

기가 막힌 절망의 어둠에서
어서 빨리 벗어나자
절망을 짓눌리는 억눌림에서
어서 빨리 이겨 내자

밤의 어둠이 지나가면 새벽이 오듯이
어두운 절망에서 벗어나
희망의 빛을 찾아가자

절망의 옷을 벗으면
희망의 옷을 입을 수 있다

절망은 우리를 좌절하게 만들지만
희망은 우리의 내일을 향하여
발돋움할 힘과 용기를 준다

절망에서 어서 빨리 떠나자
절망에서 어서 빨리 헤쳐 나가자

희망의 배가 우리를 태우고
행복한 곳으로 안내해 준다

화가 날 때

화가 날 때
잠깐만 다시 생각해 보세요
혹시 내 실수가 아닌가

화가 날 때
잠시만 생각해 보세요
혹시 내 판단이 잘못된 것 아닐까

화가 날 때
조금만 더 생각해 보세요
화가 난 내 모습이 어떤가

화가 화를 부른다
마음의 여유를 갖고
조금만 인내하면
모든 것이 풀릴 수 있다

화가 날 때 조금만 이해하고 살자
마음이 풀리면 나도 좋고 너도 좋고
모두 다 좋으니 이해하며 살자

화내는 세상보다
이해하는 세상이 살기 좋고
화내는 세상보다
용서하는 세상이 살기가 편안하다

하루하루를

우리는 하루하루를
대단한 것은 없지만
무엇을 한 것 같은 날처럼 살 때가 많다

아무 생각 없이 계획 없이 살아가면
삶은 균열하여 가치가 없고
아무런 의미가 없어
살아갈 의욕조차 없어지고 만다

우리는 하루하루의 삶을 삶답게
가치 있고 의미 있게 살아가야 한다

우리는 하루하루
꿈과 계획을 이루어 가면
삶은 근사한 보람과 기쁨을 선물해 준다

시간은

시간은 눈으로 볼 수 없고
손으로 만질 수 없다

시계를 보면 통하여
시간의 흐름을 느끼며
자연의 변화를 통하여
시간의 변화를 느끼며 살아간다

시간은 거리를 방황하거나
의자에서 졸거나
침대에 누워 잠자지 않고
찾아왔다가 쏜살같이 떠난다

시간은
서성거리지 않고
기웃거리지 않고
머뭇거리지 않고
쏜살같이 떠난다

마음속 이야기

한동안 남몰래 쌓아 두고 감춰 두었던
마음속 이야기를 풀어 내어도
말없이 들어줄 사람이 있다면
마음이 편안해질 것이다

오랫동안 말도 못 하고
혹시나 마음 졸이고 걱정만 하고 근심만 하며
애태우던 마음속 이야기를
훌훌 털어 놓아도 고개를 끄덕이며
들어줄 사람이 있다면
마음이 따뜻해질 것이다

무거운 마음속 이야기를 풀지 못하면
골병이 들어 점점 더 괴로울 텐데
마음속 이야기를 하나하나 꺼내 말하면
"나도 그래!" 맞장구쳐 줄 사람이 있다면
모든 걸 훌훌 털어 버리고 마음을 새롭게 하여
귀감이 되도록 살아갈 수 있다

삶을 억지로 살지 말자

삶을 억지로 만들며 살지 말자
흐르는 강물처럼 순리대로 살아야지
자기 마음대로 억지 부리며 살지 말자

삶을 꼽사리 끼듯 억지로 살면
뒤틀리고 꺾이고 튀고 휘어지고
끊어지고 부러지며 마음이 갈라져서
삶의 아픔을 뼈저리게 느낀다

삶을 따지고 대들고 꼬집어 보아도
마음이 균열하여 스스로
격한 고통과 아픔을 겪을 뿐이다

세월을 거슬리는 자는 용서하지 않고
세월을 함부로 하는 자도
가만두지 않아 공염불이 되고 만다

삶을 억지로 비틀며 살지 말자
흘러가는 세월처럼 순리대로 살아야지
자기 마음대로 억지 부리며 살지 말자

딱 한 번 사는 삶

딱 한 번 사는 삶
화딱지가 나서 분풀이하듯
자기 멋대로 골을 내고 성질부리고 살면
결국 곤죽이 되어 자기 손해다

세상을 벽 쌓듯 외면하고 등지고
숨이 턱턱 막히게 홀로 갇혀 살아야
마음 구석구석에 남는 것은
허전함 속에 가슴을 고여 들게 하는
쓸쓸하고 외로운 고독뿐이다

하루해 노을 지듯
떠나가야 하는 삶인데
쓸데없는 자기 애착과 미련과 욕심을
훌훌 털어 버리고 마음 홀가분하게
거짓 하나 없이 살아야
세상살이 값지고 편안하다

단 한 번 왔다는 삶인데 뒤돌아 보아도
잘 살아왔다면 더 바랄 것이 무엇인가
살며 만나고 헤어지는 사람들
어쩌면 단 한 번 만나고 헤어지는데
만나는 동안만이라도 정을 듬뿍 주며 살자

건강한 몸과 마음으로
건강한 생각과 행동으로
살고 살아도 아무런 후회가 없다면
내가 살아온 인생 살수록
살 만한 꽤 괜찮은 삶이다

몸 세탁

가끔 몸 세탁을 아주 깨끗하고
맑고 시원하게 하고 싶다

몸속에 있는 불안과 잡념들
헛되고 쓸데없는 생각들에
들볶이고 고통당하지 않게
모두 다 산뜻하게 씻어 내고 싶다

몸 구석구석에 자리 잡은
고민과 걱정과 근심의 찌꺼기들을
몽땅 몸 밖으로 끌어내고 싶다

홀가분하고 깨끗한 몸과 마음으로
아주 편하고 순순하게 고쳐되어
넉넉하고 여유롭게 살고 싶다

방전

온몸에 힘이 썰물처럼 빠져나가
맥없이 힘 하나 없이 방전되고 말았다

걸신들리듯 마구 덤벼들던
의욕도 밑바닥이 보이도록 사라지고
재미도 없고 모든 게 무의미하다

마음속이 텅텅 비어 허무만 가득하고
삶의 의욕을 줄 감정마저 살아나지 않는다

내일을 향한 갈증도 사라지고
삶에 대한 애착도 없어지고
고달프게 힘을 다한 내 모습이 약하다

나약하지만 희망의 마음을 모을 때
내 마음 저 끝 한구석에
힘의 방전에서 벗어나고 싶은 마음이
조금씩 살아나 버티고 이길 힘이 생긴다

산다는 게 무엇인지 알게 되었을 때

힘들고 어려운 고비
어떻게 넘기면 살 수 있지 않겠느냐
이겨 내고 견디고 참고 버티며
마지못해 살아온 세월도 훌쩍 지나가 버렸다

살다 보면 좋아지겠지
세월이 흐르면 나아지겠지
위로하며 다독이며 울고 웃으며
눈치 보고 허덕이며 살아도
세월은 어느 사이에 떠났다

이제 좀 세상을 알 만한데
이미 흘러가고 떠나간 야속하기만 한 세월
다시 시작할 수도 없고 쓸쓸함에 눈물이 난다

시간이 흐르고 세월이 가면 괜찮을 거라고 하며
산다는 게 무엇인지 알게 되었을 때
각박한 세상 속에서 어찌할 수 없게 늙어 버렸고
추억 속 그리움의 마을에 과거가 살고 있다

헛말 하는 사람들

인사치레로 툭툭 내던지며
아무런 의미 없는 헛말 하는 사람들

말할 때는 그럴 듯하게 들리는데
꼭 지킬 것 같은 눈빛에
귀가 솔깃했는데
세월이 지나갈수록 헛말이 되고 말았다

귀가 솔깃하도록 듣기 좋게만
헛말 하는 사람들

언제 다시 한번 만나자!
언제는 다시 찾아오지 않았다

언제 밥 한번 먹자!
언제는 다시 찾아오지 않았다

기다려도 영영 감감무소식
헛된 약속 헛말이었다

삶의 고비

험난한 무수한 삶의 고비가
시도 때도 없이 닥칠 때마다
개나발 되고 힘들어 포기하고
던져 버리고 멀리 도망치고 싶었다

순간순간마다 절망하고
순간순간마다 탄식하면서도
내 인생을 여기서
거덜 내서 끝내기 싫어
버티고 견디면서 살아왔다

내 꿈을 이루기 위하여
내 희망을 이루기 위하여
고난과 고통의 순간마다
일어서고 일어섰다

알아주는 사람 하나 없어도
내일을 향하여 나가며
꼭 해내고야 말겠다고
굳게 다짐에 다짐을 해가며
고통스럽고 괴로웠던 삶의 고비를 이겨 냈다

힘들고 어려웠던 순간들이 지나고 나니
삶은 한결 좋아지고 마음이 행복해졌다
이 기분 이 깨가 쏟아지는 행복을 안다면
언제나 어디서나 항상 최선을 다하고 싶다

허탕 치던 날

손에 잡히는 것 하나 없이
흘러가는 세월이 한 움큼씩
손가락 사이로 다 빠져 나갔다

개떡같이 허탕 치던 날
허무한 마음만 쌓이고
공허한 생각만 머리에 가득했다

너무 기대한 탓일까
허탕을 친 것이 자꾸만 후회된다
무엇을 잘못했을까
무엇을 실수했을까

빈틈 하나 없이 준비했는데
내 것만 가져가고
돌아오는 게 하나도 없다

세상을 탓해서 무엇하는가
꺼벙하여 꼬드기는 말에
사람을 너무 쉽게 믿은 것이 잘못이지

세상 살기 참 힘들다
남에게 손해 입히지 않으려고
애를 쓰며 사는데
나는 왜 허탕만 칠까
아쉬운 마음이 속상할 뿐이다

마음의 바닥에 금이 가
모든 기대가 빠져 나갔다

궁지에 몰릴 때

생뚱하게 궁지에 몰리는 것은
자기의 실수와 잘못에서 시작되고
모두가 자기가 저지른 일 탓이다

무지해서 선택을 잘못했거나
서둘러서 잘못된 행동을 저질렀거나
까불다 그릇된 일을 했거나
거래를 잘못했거나
어울리지 말아야 사람과 어울렸을 때
어둠의 궁지에 몰리는 것이다

평범하게 살아가는 사람들은
궁지의 근처에 가지도 않고
궁지에 잘 몰리지 않는다

궁지에 몰릴 때라도 깡다구로
마음의 빗장을 다 풀고 열어
짓눌린 응어리를 풀어 내라

모든 어려움과 불행의 시작은
자기 자신의 선택과 행동에서부터 시작한다

조금만 참아주고 조금만 기다려 주고
힘을 내어 이겨 내고 벗어나면
감쪽같이 몰리던 궁지가 사라지고
기분 좋은 일이 있을 것이다

꿈과 희망을 기록하고 실행하라

꿈과 희망을 기록하고 실행하라
꿈과 희망을 기록하면
목표가 뚜렷하고 분명해진다

목표가 선명하고 분명하면
확고한 도전 의식이 발동하고
몸과 마음을 분주하게 움직이고
활발하게 행동하며 실행한다

꿈과 희망을 이루기 위하여
뜨거운 열정과 자신감으로 도전하라
꿈과 희망을 이루기 위하여
앞으로 나가며 실행하고 도전하라

갈팡질팡 헤매던 절망과 고통의 끝에서
꿈과 희망을 이루고 싶다면
분명하고 확실하게 기록하고
생각과 마음에 새겨 놓아라

선명하게 꿈이 이루어지는
기적을 눈앞에서 똑똑하게 볼 것이다

꿈이 성취되는 기적을
현실이 되게 만든 것이다

마음을 열자

쓸데없이 간이 부어 마음도 꽁꽁 닫고
단춧구멍도 꼭꼭 잠그고
입도 앙다물고 답답하게 살지 말자

마음을 편하고 홀가분하게
마음을 여유롭고 헐렁하게
마음을 풍요롭고 넉넉하게 살아가자

세상 문 닫고 마음을 옥죄고 살아가면
혼자만의 갈등에도 괴롭고
무미건조하게 혼자 외롭고 혼자 쓸쓸하다

마음을 활짝 열자
누구나 언제나 함께 할 수 있도록
마음을 활짝 열자

벽에 부딪힐 때 마음의 외침을 들어라
텅텅 빈 마음의 골짜기에서
살아 외치는 힘 있는 소리를 들어라

간절하고 진실하게 가슴팍에 부딪히게
외치는 선한 양심의 소리를 들어라

간발의 차이로 절망이 싹 떠나가고
희망이 빠른 걸음으로 찾아오게 하라

떠나는 삶이 아쉽다

머물지 못하고
떠나는 삶이 아쉽다

못내 섭섭하고
못내 허전하고
못내 허무하기도 하지만
한편으로는 고맙고 감사하다

떠남이 없었다면
소중함을 몰랐을 것이다
떠남이 없었다면
간절함이 없었을 것이다

떠남이 없었다면
모든 것들이 가치를 잃었을 것이다

떠남이 없었다면
모든 것이 제자리를 잃었을 것이다

이만큼 살 수 있고 이만큼 살아왔으니
귀하고 귀한 삶을 살았으니
떠남도 감사하며 살아야겠다

떠나는 삶이 아쉽다

놓치지 마라

삶 속에 찾아온
절호의 기회를 놓치지 마라

외로울 때 찾아온
진실한 사랑을 놓치지 마라

어려울 때 찾아온
복된 행운을 놓치지 마라

고독할 때 찾아온
다정한 친구를 놓치지 마라

자신에게 찾아온
기쁨 가득한 행복을 놓치지 마라

가난할 때 찾아온
돈을 놓치지 마라

삶의 한순간

삶의 한순간이 정지되어
추억 속에 고스란히
남아 있도록 사진을 찍는다

삶의 모든 한순간이
누군가의 기억 속에 남아 있는데
행복하고 아름답게 잘 살아야겠다

괜한 생각으로 미워하며 살지 말고
시비 걸고 비난하고 시기와 질투로
마음에 상처를 주며 살지 말고
가슴 따뜻하게 배려하며 살아가자

우리 서로 사랑을 나누며 살아가면
누군가의 마음에 감동이란
멋진 사진이 찍혀 아주 오랫동안
아름답게 남아 있을 것이다

누군가의 손길

세상이 아름다워지려면
누군가의 손길이 필요하다

착한 마음 선한 봉사자가 없으면
세상은 아름답게 존재할 수가 없다

각다귀판 세상에서 행복해지려면
누군가의 따스한 손길이 필요하다

오직 사랑하는 마음으로 보살피는
선하고 착한 마음이 없으면
세상은 행복해질 수가 없다

서로의 경쟁으로 간담이 서늘한
세상에 사랑이 가득해지려면
누군가의 봉사의 손길이 필요하다

위로해 주고 감싸 주고
품어 주는 사랑의 마음이 없으면
세상은 사랑이 가득해질 수가 없다

한 사람 한 사람 따뜻한 손길이 모여서
살기 좋은 세상을 만든다

내 인생의 오르막길

늘 꼴찌 인생을 살아
처절한 내 인생의 오르막길은
처음부터 거칠고 모질게 시작되었다

가파르고 힘든 오르막길을 오르기가
너무나 힘들어 지쳤지만
나는 다른 곳으로 갈 데가 없었다

삶의 오르막길 오를 때마다
숨이 턱턱 막히고 마음에 균열이 생겨
가슴도 저리고 아팠지만
이 정도면 약과라는 생각을 하며
이를 악물고 이겨 내고 견디면서
피 땀 눈물을 수없이 흘리고 흘렸다

오르막길을 벗어 나면서
나도 사람답게 살 수 있다는 것을
알게 되었을 때
인생의 깊은 의미를 근사하게 알았다

나는 꼴찌 인생에서
인생을 시작하고 출발하였기에
사람답게 살아가면서도
늘 선하게 착하게 겸손하게
늘 진솔하게 살아가기를 원하며 살아간다

절규

세상살이가 힘들고 지쳐서 마음속 응어리를
한없이 절규해서라도 풀고 싶은
사람들이 이 세상 곳곳에 얼마나 많을까

삶이 외롭고 지독하게 쓸쓸하고 고독해서
내면에 갇혀 있는 마음을 절규해서라도
모든 걸 다 쏟아 내고 싶은 사람들이 얼마나 많을까

한숨의 굴레에 갇혀 구겨지고
상처 난 아픔의 파편들이 마구 찔러올 때
고통을 어떻게 이겨 낼 수 있을까

통한 세월 동안 흐느낌으로 참았던
아픔이 피를 토할 만큼 살아 퍼덕이는
고통을 위장하려고 웃으며 보낸 날들이
위로받을 수 없는 고통으로 남는다.

사람들은 누구나 마음속에 하고픈 말들을
언젠가 쏟아 내고 싶은 썩 괜찮은 마음이 있다

삶의 답답함이 멍에처럼 지루하고 허전해서
내면에 묶여 있는 마음을 마음껏 외쳐서라도
쏟아 내고 싶은 사람들이 얼마나 많을까

어느 날인가 마구 쏟아져 내리는 폭포 아래서
가슴의 한을 마음껏 소리쳐 외쳐 보라
속마음의 답답함이 깨끗하게 풀어지고
어쩌면 가슴 시원하게 원하는 해답을 얻을 수 있다

가슴에 옹이가 생기던 날

오랜 고통이 떠나지 않고
가슴에 깊이 박힌 옹이가 되던 날
뼈저린 아픔과 괄괄하고 한스러운 생각이
머릿속 골목길에서 꼽사리 끼듯 찾아와
괴발개발 거칠고 사납게 부딪치고 있다

고통을 이겨 내야 하는데
아픔을 벗어나야 하는데
옹이가 되어 뭉치더니 꽉 박혀 버려
평생 지고 가야 할 짐이 되고 말았다

이럴수록 관망하며 절망으로 생각하지 말고
적극적으로 뛰어들어 희망으로 만들며 살자

옹이가 삶의 체험이고 경험이고
삶의 아픔과 고통의 가차 없는 흔적이니
꼭 감싸 안고 견디며 살아야 한다

가슴에 옹이가 내 삶을 변화시켜서
한층 더 성숙하고 한층 더 보람 있게
내일을 위한 멋진 인생을 위하여
힘차고 강하게 펼치며 살아야겠다

구경꾼

삶을 살아가며 구경꾼으로만 살면
너무나 비참하고 불행한 인생이다

얼마나 고귀하고 소중한 삶인데
삶을 삶답게 살아가지 못하고 공염불하듯
남을 삶을 기웃거리며 구경만 하고 사는가

삶을 온전하게 사람답게 살아가려면
삶의 광장 한복판에 뛰어 들어
온몸과 온 마음으로 감성을 다하여
뜨거운 열정으로 아낌없이 불태우며 살아야 한다

삶을 어슬렁대거나 스쳐 지나가듯 살아가면
공수표 날리듯 아무런 의미도 보람도 없이
가까스로 살아가면 헛되고 허무하고
아무런 가치 없는 허깨비 인생일 뿐이다

삶을 삶답게 살아가야 소중한 삶이고
삶을 삶답게 살아가야
숨결이 살아나는 삶이다

삶을 살아가며 관망하는 구경꾼이 되지 말고
인생이란 무대의 주인공이 되어 살자

젊은이들이여, 희망을 가져라

푸르른 청춘
젊은이들이여, 희망을 가져라
부질없는 허망에 빠져 헤매지 말고
절망에 빠져 허우적거리지 말고
마음을 강하게 하고 담대하게 가져라

삶의 소중한 시간을 꼽사리 끼듯
헛된 것에 빠져 노예가 되지 말고
욕망과 욕심에 끌려 헛되이 살지 말고
삶의 방향을 바꾸어 내일을 향하여
도전하며 힘차게 앞으로 나가자

길고 길 것만 같은 젊은 시절도
지나고 나면 한순간일 뿐이다

젊은이들이여
절망하지 말라
좌절하지 말라
실망하지 말라
낙망하지 말라

삶이란 얼마나 소중한 시간인가
생각을 바꿔라
마음을 바꿔라
자기 스스로 행동을 바꿔라

젊은이들이여
꿈과 희망을 안고 내일을 향하여 나가라
내일이 그대들을 기다리고 있다
축복 가득한 내일은 그대들의 것이다

어쩌려고 그러는 거야

어쩌려고 그러는 거야
곤죽이 되어 신세 몽땅 다 망하면
내 얼굴 어디다 내놓으려고 이러는 거야

살면서 눈 부릅뜨고 어려운 고비 속에도
마음을 고쳐해 살 궁리를 찾아야지
뭐 땜에 거덜 나서 이 궁상을 떨고 있는 거냐

왜 해보지도 않고 엉거주춤하며 포기하는 거냐
사람이면 사람답게 살아야지
걸신들리듯 구차스럽고 비굴하게
좀팽이같이 살면 어쩌려고 이러는 거냐

살려고 몸부림치고 발버둥 쳐도
될지 말지 힘들고 어려운 세상살인데
푹 퍼지고 나자빠져서 될 대로 되라는
식으로 퍼질러 내놓으면 어쩌자는 것이냐

어쩌려고 초라하고 구차스럽게 변명하며
골백번 고달프고 비굴하게 살려고 하느냐
제발 정신 차리고 사람답게 살아라

나는 쓸모 있는 사람입니다

나는 누구에게나 어느 곳에서나
쓸모 있는 사람입니다.

나와 함께 일하고 싶어 하고
나와 함께 대화를 나누고 싶어 하고
나와 동행하기를 원합니다

나는 너무나 행복합니다.
늘 부족하고 연약한 사람인데
성실하고 근면하다는 이유만으로
사람들은 나를 원하고 있습니다

나는 너무나 행복합니다.
늘 실수하고 넘어지고 잘하는 사람인데
밝고 환하게 웃는 모습이 좋다고
사람들이 나와 함께 하기를 원합니다

나는 어느 곳 어디서나
쓸모 있는 사람입니다

나와 함께하면 일한 기분이 생기고
즐겁고 보람이 넘친다고 합니다
나와 함께하면 희망이 넘치고
행복이 넘치고 사랑이 넘친다고 합니다

나는 쓸모 있는 사람입니다

우리가 살아간다는 것은 말이야

우리가 살아간다는 것은 말이야
정말 멋진 일이지 그렇지 않냐
자기가 갖고 있는 꿈과 희망을 이루며
살아간다면 아주 멋지게 근사한 일이야

가슴이 벅차도록 감동이 밀려오고
기쁘고 재미나고 신나는 일들이
날마다 지속될 수 있다면
엄청나게 축복을 많이 받은 삶이야

이 멋지고 신나는 인생에
나와 네가 주인공이라면
이것이 연극이나 꿈이 아니라
바로 눈앞에 보이고 펼쳐지는
현실이라면 정말 대단한 일이야

물론 그렇지 그동안 흘려온 땀과
눈물로 이룬 노력을 했기에
성공이 오늘 우리를 찾아온 거야
그러기에 더욱 행복하고 기쁜 일이야

우리가 살아간다는 것은 말이야
정말 멋진 일이지
우리가 원하고 바라던 꿈과 희망이
눈앞에 보이는 현실이 되었으니
정말 멋지고 기쁘고 신나는 일이야

인생 한번 잘살아 보자

세상살이 뭐 있냐
그게 그거고 거기가 거기라지만
인생 한번 잘살아 보자

어떻게 보면 삶이 길고 긴 것 같아도
지나고 나면 한바탕 춤사위같이
금방 흘러가고 마는데 떠나도 후회하지 않도록
일하는 보람을 한몸으로 느끼며 살아가자

걸어서 안 되면 뛰자
뛰어서 안 되면 달려 보자
달리고 달려도 안 되면
날아가는 상상이라도 하면서 살아 보자
손에 잡히는 것이 하나도 없도록 가물거리고
하잘것없는 것조차 놓쳐 버린 처참함에
머리통마저 폐허가 돼 버린 듯해도 포기하지 말자

오래도록 가꾸고 지켜온 삶이
갑자기 어두워질 때 강한 억눌림 속에
걱정과 근심만 끈적끈적 달라붙는다

어려운 일도 하나하나 풀어 가면
쉬운 일이 되고 마는 것이다.
얽히고설킨 일도 하나하나 풀어 내면
힘들고 어려운 별일이 아니다

괜한 불평으로 괜한 고집으로 살아가
개차반으로 기분 잡치고 나빠하지 말고
늘 웃으며 기분 좋게 호탕한 마음으로 살아가자

세상살이 뭐 있냐
열심히 살다 보면 원하는 것들도 이루어지고
눈물이 가득한 감동의 순간도 찾아오고
가슴 뭉클한 감동의 순간도 찾아오고야 만다

삶이 다하는 날에도
내 인생 잘 살아왔다고 말할 수 있도록
인생 한번 멋들어지게 잘살아 보자

사랑 없는 지식

사랑 없는 지식은
차갑고 냉혹하고 생명력 없이
죽어 있는 것이다

살아 있는 지식과
행동하는 지식이 힘을 발휘하고
사랑을 나타내려면
사랑하는 힘이 점점 더
강해지고 돈독해져야 한다

사랑 없는 지식은
존재감이 없는 죽은 것이다

살아가는 맛

깊어가는 밤
잠이 깊이 든 줄 알았더니
꼭두새벽에 깨어 버렸다

왜 깜깜한 속에 감감무소식이던 고독이
왜 갑자기 불쑥 느닷없이 찾아왔을까
명치끝이 시리고 아리도록 외롭다

멀어져 가면 모든 것이 떠나고
혼자 남으면 사랑할 수가 없다

곰곰이 생각해도
별 고민스러운 것은 하나도 없는데
갑자기 찾아온 그리움 탓이다

기다리고 싶고 만나고 싶어
때로는 그리워할 수 있는 것도
고독할 수 있는 것도
도리어 살아가는 맛이다

고집불통

고집불통이란 증오심과 편견이 많고
똥고집 때문에 자기를 망친다는 것을
깨닫지 못하는 행동이다

고집불통은 남의 마음을 개개다
불행하게 만들려 하지만
자기가 먼저 피해를 본다

마음이 옹졸하고 도량이 좁아서
자지 주장만 내세우며 살아가기에
다른 사람을 인정해 주지 않는다

제일 못된 감정이 고집불통이다
남의 생각과 마음을 감질나게
전혀 알아주지 않고 개떡같이 되어
남을 이해해 주지 않는 못된 마음이다

고집불통 같은 어리석은 마음은
감쪽같이 사라지게 싹 던져 버려야 한다

홀로 감당하기 힘들 때 암울한 생각으로
세월만 보내지 말고 벽을 뛰어넘거나
문을 만들거나 아니면 벽에 기대어 볼 생각해라

고집불통에서 벗어나 어려움이 닥쳐 와도
더 강하고 담대해지고 벽에 부딪힐 때
새로운 방법을 찾아내면 벽은
눈앞에서 사라질 것이다

복을 주고받으며 살자

혼자 잘 살겠다고 발버둥 치며 간이 부어
욕심부리며 움켜쥐기보다
넉넉하고 푸근한 마음으로 나누며 살자

싸늘한 눈빛으로 각박하게 살기보다
따뜻한 마음으로 넉넉하고 여유롭게 살자

매사에 사사건건 의심하지 말고
은근슬쩍 믿어 주는 굳센 마음으로 살자

가슴 쓰리게 눈치 주기보다
사랑으로 감싸 주는 따뜻한 손길로 살자

눈물 흘리도록 슬픔을 주기보다
기쁨을 주며 살고
시기하기보다 손뼉 쳐주며 살자

신세를 끼치고 폐가 되는 사이가 아니라
삶에 피곤도 한순간 싹 사라지도록
이런 맛에 복을 듬뿍 서로 주며 살자

내 착각이다

잘못 각색해서 보았다
모든 것이 내 착각이다
사랑인 줄 알았다

짓궂게 놀려주고 장난질이라도 했으면
미친 듯이 웃어 보고
한이나 맺히지 않을걸
남아 있는 건 슬픔뿐이다

차츰차츰 눈 익혀 놓았더니
한순간 다시 낯설게 되었다

간발의 차이로 서로 각축하듯 매인 것을
풀 수도 없는 사이가 되어
주눅이 잔뜩 들어
겁먹은 눈으로 세상을 바라보았다

날 사랑하는 줄 알았다
나 혼자 잘못 생각하였다
나 혼자 착각이다

무지 무지하게 쓸쓸한 날

무지 무지하게 쓸쓸한 날
마음에 고독의 먹구름이 끼고
외로움의 세찬 비가 내린다

전화벨도 하루 종일 울리지 않고
문자 하나 오지 않고
찾아오는 사람도 없다

오랜 기다림에 지쳐
사랑의 독이 온몸에 퍼져
그리움이 고개를 내밀고 쑥쑥 자란다

잊어버리기 싫어 더디게 지우다가
먼지 가득 낀 기억에
잊을 수 없는 그리움이
너의 얼굴을 그려 놓는다

무지 무지하게 쓸쓸한 날
외로움이 가슴에 물씬 배어 있을 때
반가운 사람이 불쑥 나타나면
얼른 달려가 만나고 싶을 정도로
무척이나 반가울 것이다

상상

상상은 수없는 그림을 그리고
지울 수 있는 화판이다

상상의 날개를 마음껏 펼치며
상승기류를 타고 비상해야 한다

상상할 때 자신이 성공했을 때의 모습을
분명하고 또렷이 확실하게 떠올리고
가슴 벅찬 기쁨을 느낄 수 있다면
반드시 성공할 수 있다

상상을 현실로 만든 삶이 멋있다
자신의 꿈이나 원하는 것이 있어야 한다

자유롭게 상상해야 한다
자신의 상상을 좋아하고
원하고 하고 싶은 일에서
최고가 되어야 한다

축하할 일

당신에게 행복한 일
축하할 일이 많아진다면
내가 더 행복할 것입니다

세상살이 힘들고 모진데
살며 살아가며 행복하고
축하할 일이 있다면
그보다 신나고 좋은 일이 어디 있습니까

당신에게 행복한 일이
축하할 일이 많다면
정말 축복받은 삶이니
진심으로 축하하지 않을 수 없습니다

당신은 복이 많은 복덩이라
살며 살아가며 행복하고
축하할 일들이 많아지는
복이 많은 사람이라 같이 살아가는
재미가 솔솔 나고 즐거움이 크고 큽니다

다 돼

다 되는 거야
괜한 걱정만 하지 말고
쓸데없는 근심하지 말고
무의미한 고민하지 말고
뛰어들어 시작하면 되지 시작하는 거야

못하던 일을 하는 것이
인생이야
하지 못하던 일을 하는 것이
인생이야
할 수 없는 일을 하는 것이
인생이야

안 된다고 신세타령만 하고 헛된 생각만 하고
움직이지 않으면 하고많은 날 그렇게
맨 날 못난 그 타령으로 살아가는 거야

다 돼!
다 된다는 생각으로
첫걸음을 시작하여 꾸준히 나아가면
다 되는 정거장에 도착하는 거야

다 돼! 다 돼!
언제나 다 되는 놀라운 기쁨을 맛보고 살 거야

분명히 할 수 있어
다 돼! 다 돼!
날마다 다 되는 기쁨을 맛보는 사람이
열심히 사는 사람이야
행복하게 살아가는 사람이야

나를 지키며 살자

하늘과 땅에서 어느 사람에게도
아무런 부끄럼이 없이 살아가도록
나를 낳아주신 어머님께
아무런 부끄럼이 없이 살아가도록
나를 지키며 살자

잠시 잠깐 한순간 욕망의 노예가 되어
모든 것을 헌신짝처럼 버리고 마는
어리석은 마음을 가지 말고
천하에 바보 같은 행동을 하지 말자

한순간의 착각으로
욕심과 욕망의 노예가 되어
서로 불편하게 사이좋지 않게 지내지 않도록
나를 지키며 살자

내가 보아도
누가 보아도
내가 살아온 삶을 당당하고 바르게
선하고 착하게 살아간다면

세상에 살아가면서도 즐겁고 행복하고
세상을 떠날 때도 아무런 부끄럼 없이
마음 편하게 떠나갈 것이다

고통

고통의 바늘이 심장을 찔러 와도
강한 의지로 이겨 내야 한다

겨우내 모진 바람 눈보라를 이겨 낸
나무들이 봄에 꽃을 피우듯이
고통을 이겨 낸 후 찾아오는
기쁨과 즐거움은 최고의 감동이다

이 세상 어느 사람이나
고통을 겪지 않은 사람이 있는가
이 세상 어느 사람이나
절망이 아픔을 이겨 내지 않은 사람이 있는가

왜 하필이면 왜 나만 이런 고통을 당하는가
분노하거나 짜증내거나 화만 내지 말고
얽혀진 모든 것들을 풀고
막혔던 것들을 뚫고
꽉 닫혔던 것들을 활짝 열고 나가자

힘도 들 것이다
아픔도 심할 것이다
그러나 이겨 내고 벗어 나면
속이 다 시원하고 찾아오는 기쁨이 클 것이다

고통이 있고 난 뒤 즐거움과 기쁨은
더욱더 큰 만족을 선물해 준다

살다 보면

살다 보면
인생을 잘 알 수 있을 것이라
생각하며 살았습니다

남들을 보며 뻔하고 뻔한 세상일 거라
막연하게 생각도 해보고
무언가 새로운 것이 있지 않을까
은근히 기대도 해보았습니다

살다 보니
사는 맛을 알고 보니
인생이란 참 괜찮다고 생각하기 시작했습니다
인생의 맛도 알고
사랑의 맛도 알고
사는 맛도 알고 사는 것이
인생이란 생각했습니다

살다 보니
사는 맛을 느껴 보니
어느 사이에 세월이 훌쩍 흘러가고 말았습니다

살아 보니
사는 맛을 알고 보니
인생이란 한 번쯤 살아 보면
썩 괜찮은 삶이라고 생각했습니다

인생이란 참 소중하고
아름다운 것입니다

걱정하지 말아요

어차피 살아가야 할 일이라면
괜히 걱정하지 말아요
걱정한다고 달라질 것은
아무것도 하나도 없어요
아픈 몸이 깨끗이 낫기를
걱정하여도 낫지 않아요

걱정한다고 없는 돈이
하늘에서 뚝 떨어지지 않아요
걱정하면 할수록 마음만 아프고
잠도 못 자고 몸만 약해지고 말아요

걱정만 하기보다 마술사는 아니더라도
하나하나 풀어 나가면
어렵고 고통스러운 일들도
어느 사이에 풀어 갈 수 있어요

걱정은 차라리 마음에서 다 떼어
쓰레기처럼 버리는 것이 좋아요

걱정에서 떠나 열심히
땀 흘려 살아가며 뒤돌아 보지 않으면
세월 흘러간 뒤에는 어느 사이에
기분 좋은 날이 문을 열고 찾아올 거예요

오늘부터
걱정하지 말고 살아요

참된 인생

어떤 상황에서도
어떤 처지에서도
굴복하며 비굴하게 살지 말자

인생사 실패와 고통은
누구에게나 찾아온다
실패가 없는 성공은 없고
아무 고통 없는 인생은 없다

나무들을 바라보라
겨울에는 거친 눈보라도
굴복하지 않고 서 있고
여름에는 성난 폭풍우 속에서도
당당하게 서 있다

살아 있는 동안
어떤 시련과 고통 속에서도
꽃이 피는 찬란한 봄을 맞이하고
알찬 열매를 맺는 가을이 찾아온다

인생도 거친 삶을 살아가노라면 마찬가지다
시련과 역경이 있기에 꿈을 이루는 날
더욱더 가슴 벅차게 감동하고 기뻐하고
모두 다 함께 즐거워하는 것이다

꿈의 가치를 잘 알기에
어떤 시련과 고통 속에서도
굴복하지 않고 당당하게
이겨 내는 참된 인생이다

탁월한 존재가 되는 법

자신을 보잘것없는 가치 없는
존재로 전락시키지 마라

자신이 부족하다면
스스로 깨닫고 남보다 더 많이 노력하라

자신이 나약하고 연약하다면
남보다 더 많이 강건하여져라

자신이 초라하다면
남보다 더 많이 벗어 나려고 애를 써라

처음부터 탁월하고 대단한 사람은
이 세상에 단 한 사람도 없다

이 세상의 모든 것은
스스로 만들어 가는 것이다

땀 흘리는 노력과 피나는 연습과
오랜 기다림의 인내보다
더 좋은 방법은
이 세상 어디에도 없다

목표를 향하여 끊임없는 도전 속에
모든 열정과 모든 자신감을 다 쏟아 내어
도전의 도전을 계속한다면
누구나 탁월한 존재가 되는 법이다

인생이란 무대

인생이란 무대는
자기 자신의 역할을 위하여
땀 흘려 노력한 만큼
열정을 쏟은 만큼
자신감 있게 인생을 펼쳐 나가는 만큼
아주 멋진 무대가 될 것이다

인생이란 무대는
다른 사람이 모든 것을
만들어 주는 것이 아니라
스스로 배우가 되어
자기 역할을 만들어 가는 것이다

자기 역할에 최선을 다한다면
멋진 인생의 무대에서
가장 멋진 연기를 할 것이다

자기 스스로 감동할 수 있고
다른 사람도 감동하며
손뼉 치고 환호한다면
성공한 무대의 주인공이 되는 것이다

인생이란 무대에
자기 스스로 주인공답게
멋진 인생을 보여 주며 살아갈 수 있다면
인생이란 참으로 멋진 것이다

누구나 걸어가야 하는 인생길에서
아무 보람 없이 허송세월 보내지 말고
아무 쓸모 없이 무의미하게 허비하며
초라하게 무가치하게 살지 말고
나를 나답게 당당하게 살자

나에게 주어진 인생살이
내가 원하고 바라는 꿈과 희망을 이루어 가는
기쁨에 감동하여 환호하고 싶을 정도로
내가 보아도 누가 보아도 아름다운 인생을
나를 나답게 힘차게 살자